Unni Lindell / Fredrik Skavlan

Bella Buuuh und die Nachtschule

Unni Lindell,
1957 geboren, hat über zwanzig Bücher geschrieben – vor allem Kinder- und Jugendbücher und Kriminalromane. Die Autorin hat viele Preise und Auszeichnungen erhalten, ihre Bücher erscheinen in zahlreichen Ländern. Unni Lindell lebt mit ihrer Familie in der Nähe von Oslo.

Fredrik Skavlan
wurde 1966 in Oslo geboren. Er hat als Journalist gearbeitet und ist in Norwegen als erfolgreicher Talkshowmoderator bekannt. Fredrik Skavlan hat bereits mehrere Bücher illustriert.

Unni Lindell / Fredrik Skavlan

Bella Buuuh

und die Nachtschule

Aus dem Norwegischen von Gabriele Haefs

Mit Illustrationen von Fredrik Skavlan

Arena

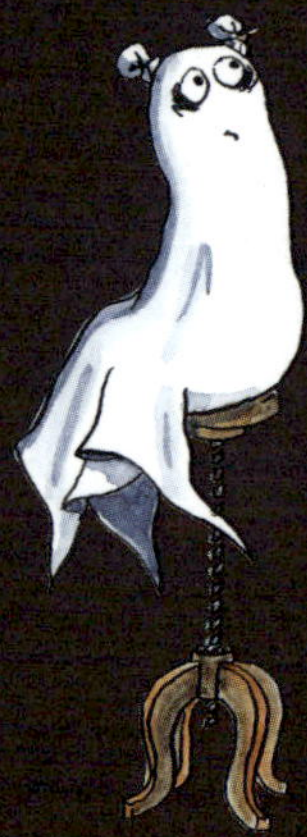

Die Originalausgabe erschien 2008 unter dem Titel *Nifse Nella og nattskolen. Den første Sannheten* bei Piratforlaget AS, Oslo.

FSC
Mix
Produktgruppe aus vorbildlich bewirtschafteten Wäldern, kontrollierten Herkünften und Recyclingholz oder -fasern
Zert.-Nr. SGS-COC-003210 www.fsc.org

4. Auflage 2010

Aus dem Norwegischen von Gabriele Haefs
Einband- und Innenillustrationen: Fredrik Skavlan
Einbandgestaltung: Frauke Schneider
Gesamtherstellung: Westermann Druck Zwickau GmbH
ISBN 978-3-401-06575-5

www.arena-verlag.de

Inhalt

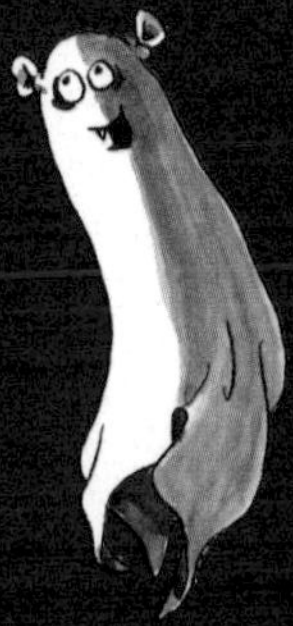

Was ist die Erste Wahrheit?

Wer warst du? Wer wirst du werden? Wer bist du in der Zwischenzeit? Wer muss den Regen ertragen, um den Regenbogen sehen zu dürfen? Wo ist die Rue Rivoli 99? Wie wird man ein Spitzenflieger und eine Topgleiterin?

Und ganz zum Schluss: Wo ist eigentlich der Wasserspiegel?

1. Kapitel

Bella Buuuh und die Kleiderfabrik

Was machst du denn da, Bella?«, rief Fiola Flink. »Wir dürfen doch nicht so hoch fliegen!« Sie ließ Bella Buuuh nicht aus den Augen, die an der Außenwand der Kleiderfabrik emporwogte. Bis ganz nach oben aufs Dach flog Bella und setzte sich dort auf einen der Balken. Von hier konnte sie alle Lichter unten in der Stadt sehen! Sie funkelten wie die Augen gefährlicher Raubtiere.

Die fünf anderen Gespensterkinder standen wie versteinert unten im Hinterhof der Fabrik und starrten zu Bella hoch.

»Navigieren lernen wir erst, wenn wir mit der Nachtschule anfangen, Bella«, jammerte Fiola. »Aber du kannst es ja nicht abwarten. Zu den unmöglichsten Zeiten fliegst du einfach los.«

»Jaja, flieg du nur bis in den Himmel, du«, rief Enox Ekel, der seinem Namen alle Ehre machte. Enox lachte sich immer ins Fäustchen, wenn Bella ausgeschimpft wurde. Und das würde ganz bestimmt passieren, wenn erst die erwachsenen Gespenster von der Arbeit nach Hause kämen. Jede Nacht zogen sie los, wenn die Menschen in ihren Betten schliefen, und jagten ihnen Angst ein.

Bella rutschte vorsichtig auf ihrem Dachbalken hin und her. Enox sollte bloß nicht glauben, dass sie von einem Aufwind oder einer Windböe erwischt werden würde. Sie war ja schließlich nicht blöd!

»Du siehst da oben total kosmisch und uggig aus«, schrie Enox.

»Ach, ihr seid doch bloß Weicheier und Wegflutscher!« Bella hob ab und flatterte noch fünf Meter höher. Sie ahmte eine Eule nach und stieß triumphierend ihren unheimlichsten Gespensterschrei aus.

Es war eine schöne mondhelle Nacht. Aber trotzdem konnte es immer sein, dass hier oben wilde Winde wüteten. Wenn man zu hoch flog, wurde man von den Luftströmungen manchmal weit weggetragen, ohne etwas dagegen unternehmen zu können. Das war gefährlich für ein kleines Gespenst.

Deswegen musste Bella sich in Acht nehmen.

Sie ließ das Fabrikdach hinter sich und schlug die Richtung ein, die aus der Stadt herausführte.

»Komm zurück, Bella«, hörte sie die anderen von tief unten rufen. Aber Bella verspürte eine einsame Freude. Die weißen Sterne sahen am schwarzen Himmel wie Fingerabdrücke aus. Ihre kalten Strahlen zeigten auf die Erde, auf Orte und Adressen, die die Gespenster aufsuchen mussten. Davon hatte ihr die alte Ulla Ungemach erzählt. Es sei der eigentliche Lebensauftrag für ein Gespenst, hatte sie gesagt, die *Orte* zu finden. Und darüber würden Bella Buuuh, Fiola Flink und Enox Ekel mehr erfahren, wenn sie erst mit der Nachtschule anfingen.

Wie kleine verschiedenartige Vierecke lagen die Felder jenseits der Stadt nebeneinander. Von oben sahen sie aus wie ein grüner, brauner und gelber Flickenteppich. Bella war einmal mit ihrer Mutter auf einer der Wiesen entlanggeflogen, aber davon wussten die anderen nichts. Das war gewesen, bevor Bellas Mutter verschwand.

Sie waren nicht sonderlich hoch geflogen, denn Bella war dafür noch zu klein gewesen. Die Nacht war vom Flüstern der dunklen Bäume und einer gewaltigen Stille erfüllt gewesen. Bella wusste noch, dass sie ein Nachttier entdeckt hatte, das sich zwischen hohen Grashalmen bewegte. Sicherlich eine Katze. Und dann erinnerte sie sich noch daran, was ihre Mutter unmittelbar vor dem Landen zu ihr gesagt hatte: *Du musst dich immer aufs Wesentliche konzentrieren, meine Bella. Sei wachsam und halte immer deinen Kurs.* Das würde Bella nie vergessen.

Kleine Wattewolken segelten am Mond vorbei und zugleich kam ein Seitenwind auf, der Bella zurück zur Kleiderfabrik trieb. Bella fand es erfrischend, wie der kühle Nachtwind an ihrem Stoff zupfte.

In einer großen Runde kreiste sie über dem Hinterhof der Fabrik. Fiola Flink, Enox Ekel, Winnie Wirbelwind, Schrumpfiella und Linette sahen dort unten aus wie kleine weiße Flecken.

Noch immer starrten die anderen zu ihr herauf, nur Winnie wirbelte in wildem Tempo über dem Hof hin und her.

»Ich finde, du bist ein mutiges Spagenst«, schrie Schrumpfiella zu Bella hinauf. Schrumpfiella war als kleines Kind aus Versehen in die Kochwäsche geraten. Deshalb war sie um einiges kleiner als ihre Geschwister und immer ziemlich nervös.

»Gespenst, Schrumpfiella, es heißt Gespenst«, korrigierte Fiola Flink.

»Hier oben ist wirklich überhaupt nichts uggig«, lachte Bella. »Es ist einfach prächtig und intergalaktisch schön und wenn ihr da unten nicht so sehr rumnerven würdet, könnte ich vielleicht die Stille des Universums hören.« Sie drehte noch einige Extrarunden um den großen Schornstein. In diesem Moment kam eine Fledermaus von oben und prallte gegen Bellas Kopf.

»Au, beim singenden Schatten!«, rief sie noch, bevor sie auf den roten Dachziegeln eine Bruchlandung hinlegte.

»He, Bella! Die Erwachsenen können jede Minute zurückkommen«, rief Enox Ekel.

»Na und?«, brüllte Bella zurück und rappelte sich auf.

»Du weißt genau, was dir dann blüht!«

»Schluss jetzt mit dem Unsinn, Bella, und tu gefälligst, was ich dir sage«, äffte Bella die Stimme von Torres Damast nach. »Habt ihr das gemeint?«

Torres Damast war das größte Gespenst von allen und das Oberhaupt der Nacht. Alle, abgesehen von Bella, taten, was er sagte.

»Ja«, riefen die anderen Gespenster wie aus einem Munde. »So haben wir das gemeint.«

»Pah!«, schrie Bella und dachte daran, wie oft Onkel Torres – so nannte sie ihn – einen Knoten in sie gebunden hatte, damit sie endlich Ruhe gab. Aber Bella arbeitete hart daran, noch buuuhiger als buuuhig zu werden. Ein Gespenst musste lernen, die Dinge zu durchschauen. Es musste bereit sein zu kämpfen. Vor allem ein Gespenst, das keine Mutter mehr hatte.

Als die Kirchturmuhr viermal schlug, sprang Bella mit einem Satz zehn Meter in die Höhe und legte sich dann auf einen schwachen Luftstrom.

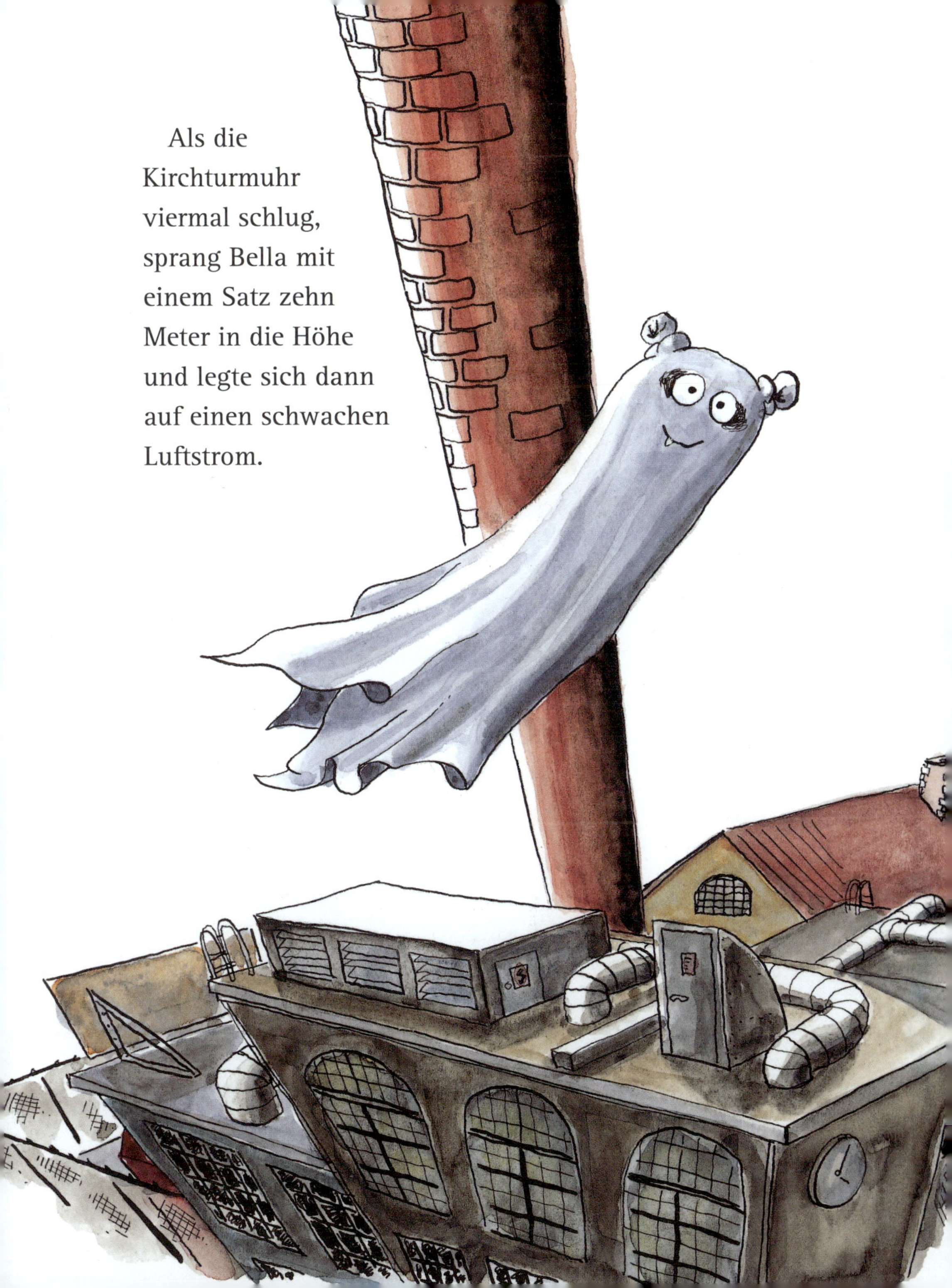

Der Tag zog herauf. Am Horizont hinter der Stadt konnte sie die durchsichtige Begegnung zwischen Himmel und Meer erahnen.

Plötzlich überkam Bella das magische Gefühl, anders zu sein. Vielleicht, weil sie sich mit Einsamkeit so gut auskannte.

»Jetzt kommen sie zurück«, rief Fiola Flink. »Jetzt kommen die GROSSEN! Ich werd denen sagen, was du getrieben hast.«

»Ja, Bella, runter mit dir, jetzt kommen die GROSSEN«, riefen alle anderen wie aus einem Munde.

»DIE GROSSEN, DIE GROSSEN«, äffte Bella sie nach und warf einen letzten Blick zum Horizont, ehe sie sich wieder auf das Steinpflaster hinunterwellte, gerade in dem Moment, als die erwachsenen Gespenster durch die Gitterstäbe im Tor fluteten. Es waren Esme, Schreck, Graus und Onkel Torres.

Torres Damast segelte vor allen anderen auf den Fabrikhof. »Da seid ihr ja. Na los, Kinder, jetzt gibt es etwas zu essen und dann ist Schlafenszeit. Und dass ihr mir ja keinen Unfug macht!«

Bella sah Onkel Torres an. Er redete so viel dummes Zeug. Keinen Unfug! Warum sollte man denn immer artig sein? Sie hatte das Gefühl, sich vor Unbehagen umstülpen zu müssen, wenn sie immer nur das tat, was die anderen wollten.

Sie merkte, wie Torres Damast sie streng ins Visier nahm, weil sie wieder einmal nicht zuhörte.

»Was hast du nur schon wieder angestellt, Bella?«, fragte er.

»Angestellt, durchgewellt, abgeprellt«, reimte Bella und fing an zu kichern. Fiola Flink wollte schon petzen, aber Bella warf ihr einen warnenden Blick zu.

Torres Damast seufzte. »Rein mit euch, hab ich gesagt.«

»Na gut«, antworteten Fiola Flink, Enox Ekel, Winnie Wirbelwind, Schrumpfiella und Linette wie aus einem Munde und sausten auf die Tür zu. Da der Fabrikbesitzer abgeschlossen hatte, mussten sie das Schlüsselloch benutzen, um in die Fabrik zu kommen.

»Du zuerst!« Torres Damast versetzte Bella einen Stups. Bella warf einen letzten Blick zum Himmel hoch, dann rollte sie sich zusammen, schob einen Zipfel ins Schlüsselloch, nahm Anlauf und zog sich rasch hinüber auf die andere Seite.

Eins nach dem anderen kamen die Gespenster in die Fabrikhalle.

Dort warteten schon die alte Ulla Ungemach, mottenzerfressen wie eine alte Wolldecke, Mia Mysterium und Klein Thymian auf sie.

In der Kleiderfabrik hausten insgesamt sieben Gespensterkinder und sechs Erwachsene.

Nachts hatten die Gespenster die Fabrik für sich. Sie bestand aus einer großen und einer etwas kleineren Halle, in denen unzählige Tischchen mit Nähmaschinen standen.

Es gab eine Garderobe für die Näherinnen, ein Büro, in dem der Fabrikbesitzer den ganzen Tag lang saß, eine Kantine, einen Waschraum, ein großes Stofflager und viele schmale Gänge, die kreuz und quer in alle Richtungen führten. Die Gänge waren mit Eisentüren versperrt, die keine Schlüssellöcher hatten, deshalb wussten die Gespenster auch nicht, was sich hinter ihnen versteckte. Tagsüber schliefen die Gespenster im obersten Fach im Stofflager.

Mia Mysterium, die Frau von Torres, war ein Leinenlaken aus bester Familie. Ihr vollständiger Name war *Mia Mysterium Grassa Damast*. Gespenster können ihren Nachnamen an jede beliebige Stelle ihres Namens setzen. Aber nicht alle haben einen, es kommt darauf an, wie groß sie sind und was sie schon geleistet haben. Mia jedoch war so vornehm, dass sie gleich zwei

Nachnamen hatte, einen an zweiter und einen an letzter Stelle.

Sie und die alte Ulla Ungemach hatten gekocht und den magischen Tisch in der Fabrikhalle zwischen den vielen Nähmaschinentischen mit zwölf weißen Tellern, zwölf Gläsern, einer Nuckelflasche und den feinsten Tassen gedeckt. Tagsüber wurde das Geschirr in einer großen geheimen Schublade in der Wand versteckt. Die Schublade war so unsichtbar, dass die Fabrikarbeiterinnen sie nicht sehen konnten.

Torres und Mia waren die Eltern von Fiola Flink und Enox Ekel, während die Drillinge Winnie, Schrumpfiella und Linette zu Schreck und Graus gehörten.

Das siebte Kind, Thymian, war noch immer nur ein winziges Taschentuch. Niemand wusste, woher es eigentlich kam. Die alte Ulla Ungemach war plötzlich eines Nachts mit ihm nach Hause gekommen. Sie hatte Thymian allein zwischen zwei Wäscheklammern an einer Wäscheleine in einem großen Garten gefunden.

Das dreizehnte Gespenst war Esme; sie war jung, still und ein wenig seltsam. Sie fühlte sich am wohlsten, wenn sie alleine in einer Ecke sein konnte. Meist redete sie nicht besonders viel, aber Torres zwang sie jede Nacht, mit den großen Gespenstern zur Arbeit zu gehen.

2. Kapitel

Baisers und Weichspüler mit Zitronenduft

»Ist heute bei der Arbeit alles gut gegangen?« Mia Mysterium stellte eine große Schüssel Baisers auf den Tisch, die aus ganz frischem Eiweiß und köstlichem Zucker gebacken waren. Es gab außerdem weiße, hellgrüne und rosa Marshmallows. Zäh und lecker, frisch aus dem Backofen der Kantine hinter der Garderobe.

»Stellt euch vor, ich hab Herrn Jespersen diese Nacht wieder so erschreckt, dass ihm seine Haare zu Berge standen«, lachte Torres Damast. Er beugte sich über den Tisch, schnappte sich ein großes Marshmallow und stopfte sich es in den Mund.

»Warte gefälligst, bis alle sitzen«, schimpfte Mia.

»Hat Herr Jespersen überhaupt noch Haare auf dem Kopf?« Fiola kicherte.

Mia Mysterium stellte für Enox einen Stuhl zurecht. »Kinder, war es kalt draußen?«, fragte sie. »War es nicht zu windig?«

»Da musst du Bella fragen, Mama«, sagte Fiola Flink.

»Warum denn das?«

Bella tat so, als habe sie die Frage nicht gehört. Sie sah hinüber zu Schreck, dem es endlich gelang, sich Winnie Wirbelwind zu schnappen, der unter der hohen Decke hin und her gesaust war. Alle setzten sich zu Tisch. Esme saß ganz am Ende. Sie hatte Klein Thymian auf den Schoß genommen.

Bella schaute aus dem hohen Fabrikfenster. Bald würde die Nacht in den Tag übergehen und ein dünner Lichtstreifen würde über den Platz vor dem Haupteingang fallen. Es war lebenswichtig, dass sich alle Gespenster bis zu diesem Zeitpunkt im Stofflager versteckt hatten. Denn wenn die Menschen zur Arbeit in die Fabrik kamen, mussten die Gespenster sich bedeckt halten, genauer gesagt, mussten sie mucksmäuschenstill im Regal liegen.

Aber nun wurde erst einmal gegessen.

Schrumpfiella sah Bella voller Bewunderung an. Enox kaute mit offenem Mund.

»Und was ist mit Frau Jespersen?«, erkundigten sich Winnie und Linette jetzt gleichzeitig.

Torres Damast lächelte. »Frau Jespersen war ganz weiß im Gesicht! Offenbar leidet sie an Lakenangst.«

Die großen Gespenster lachten und erzählten, welchen Menschen sie Angst eingejagt und wie schrecklich diese sich gefürchtet hatten.

»Wir haben in der höheren Atmosphäre ein paar Runden gedreht und mussten bei Gegenwind nach Hause fliegen«, sagte Schreck.

»Huuchundhuuuuu«, jammerte die alte Ulla und nahm Esme Klein Thymian aus den Armen. »Lass mich ihm die Flasche mit der Gespenstermilch geben.« Esme verzog unwillig das Gesicht. Bellas Blick wanderte von einer zur anderen und dachte, dass ihre Mutter sie auch einmal im Arm gewiegt hatte.

Ulla Ungemach wurde manchmal nachts zu einer geheimen Mission geholt. Bella hatte keine Ahnung, von wem oder warum. Es hieß nur, jemand »sei geholt worden«. Dann zog die alte Ulla allein oder mit Thymian auf dem Arm los. Und in der folgenden Nacht kam sie zurück, immer nachts oder im Morgengrauen. Einige Male mit einem Tropfen Blut im Gesicht und ein paar Mal war sie auch schon ohne Thymian zurückgekehrt. Bella traute sich nicht, sie danach zu fragen, denn das war ziemlich UGGIG!

Uggig war das Gespensterwort für alles, was fremd, unheimlich und gruselig war.

Wenn jemand in den Ecken »uggig« flüsterte, dann konnte das Allerschlimmste passieren.

Mia musterte die Kinder. »Nach dem Essen werde ich euch waschen und bügeln«, sagte sie plötzlich mit ihrer schneidenden Stimme.

Schreck nahm die Drillinge in Augenschein. »Winnie, Schrumpfiella und Linette, ihr könnt an einem anderen Tag baden.«

»Aber ihr drei«, sagte Mia und zeigte auf Bella, Fiola und Enox. »Ihr werdet gewaschen und gebügelt. Schließlich fangt ihr um Mitternacht in der Nachtschule an.«

»Nein, danke«, schrie Bella, nahm das letzte Baiser und segelte vom Tisch weg.

»Wer hat dir erlaubt, das letzte zu nehmen?« Torres Damast warf ihr einen strengen Blick zu.

»Sei nicht immer so gierig, Bella«, tadelte jetzt auch Mia, wie immer etwas überheblich und leicht verschnupft.

Fiola und Enox starrten Bella an. Sie waren schlau und artig genug, ihren Eltern niemals zu widersprechen.

Bella steckte das Baiser in den Mund und jagte in hohem Tempo durch die Fabrikhalle.

»Ich habe das Bad auf eine höfliche Weise abgelehnt«, rief sie und verspeiste das Baiser energisch. Winnie lachte laut, entwand sich Schrecks Zugriff und huschte hinter Bella her.

»Tut gefälligst, was Mia euch sagt.« Torres erhob sich. Er war in seiner Jugend knallrot gewesen und bei Stierkämpfen eingesetzt worden. Aber dann war er in eine Wanne voll Chlor gefallen, woraufhin seine schöne rote Farbe verblasst war.

»Ich spüle euch alle gleichzeitig durch«, erklärte Mia entschlossen. »Schulreife Gespenster müssen gewaschen werden.«

Torres Damast sauste auf Bella los und packte sie mit festem Griff. Dann schnappte er sich Enox und Fiola, während Schreck Jagd nach Winnie machte.

Esme und die alte Ulla waren unterdessen damit beschäftigt, den Tisch abzuräumen. Thymian fing an, kläglich zu wimmern.

»Ich lasse jetzt Wasser in die Wanne im Waschraum«, sagte Mia streng und ging voraus. Torres Damast folgte ihr mit den drei Gespensterkindern im Schlepptau. Im Waschraum ließ er sie auf den Boden fallen. Bella stülpte sich aus Protest um und setzte sich im Schneidersitz vor den Wäschetrockner.

»Du kannst nicht verdreckt in die Schule kommen, Bella«, sagte Fiola Flink mit ihrer altklugen Stimme. Enox Ekel verzog schlecht gelaunt das Gesicht.

»Fiola hat recht. Am ersten Schultag muss man makellos sauber sein«, sagte Mia.

»Aber ich hab doch gar keinen einzigen Makel«, schrie Bella von der Innenseite ihres Körpers und zog an zwei losen Fäden. »Außerdem, wer hat behauptet, dass man sauber sein muss, um schön zu sein?«

»Aber Bella«, stöhnte Fiola.

»Was ist denn so toll daran, frisch gewaschen zu sein?«, rief Bella. »Und außerdem hasse ich Bügelfalten am Bauch!«

Jetzt war Mia Grassa Damas mit ihrer Geduld am Ende. »Du bist ein schmutziges und unverschämtes kleines Gespenst«, kreischte sie.

Onkel Torres kam auf Bella zu und hob sie an einem Zipfel hoch. Er stülpte sie wieder zurück und sagte: »Ich habe es satt, dass du nie hören kannst. Alle anderen hier benehmen sich und tun, was ich ihnen sage. Aber du, du bist ein freches und gieriges kleines Gespenst.«

»Du solltest dich in Acht nehmen, Bella. Noch bist du ein ziemlich kleines Gespenst«, mischte sich jetzt seine Frau ein. »Du bist nicht größer als ein mittelgroßer Kissenbezug. Und du solltest froh darüber sein, dass du hier wohnen darfst, zusammen mit uns.«

»Ich *bin* viel größer als ein Kissenbezug«, brüllte Bella. »Und ich bin nicht frech und gierig! Ich bin unheimlich!«

»Sie macht nur Witze, Mama«, sagte Fiola und lächelte unsicher. »Sie ist glücklich darüber, dass sie hier zusammen mit uns wohnen darf. Sie hat ja schließlich keine Mutter mehr.«

Mia hob stolz die Augenbrauen.

»Da kannst du's sehen, Bella. Fiola ist das höflichste kleine Gespenst auf der Welt. Du solltest sie dir als Vorbild nehmen.«

»Aber ich habe doch eine Mutter«, flüsterte Bella.

Die alte Ulla kam in den Waschraum und bat Mia und Torres, sich zu beruhigen. Esme glitt hinter ihr her, nahm ihr Thymian aus den Armen und verschwand mit ihm im Stofflager.

»Ich will nicht wie Fiola werden. Die ist immer so furchtbar brav und außerdem ist sie eine Petze!« Bella schaute zur alten Ulla Ungemach hoch.

Mia Mysterium seufzte. Sie ließ Wasser in die Wanne laufen und stellte sie mitten in den Raum. »Jetzt kommt schon, alle drei«, sagte sie müde und warf Enox und Fiola ins Wasser.

Torres Damast schnappte sich Bella und klatschte sie zu den anderen in die Wanne.

Die alte Ulla glitt wieder aus dem Raum. Mia Mysterium beugte sich über die Kinder und zog alle drei zweimal gründlich durchs Wasser. Dann nahm sie eine Flasche Weichspüler aus einem Besenschrank.

»Igitt, Weichspüler«, brüllte Bella.

»Rosen- oder Zitronenduft?« Mia schaute resigniert in die Wanne.

»Rose«, schrie Fiola. »Nein, doch lieber Zitrone.«

Enox plantschte im Wasser herum. Mia goss ihm den Weichspüler über den Kopf.

»Igitt! Was für ein Scheißgeruch«, rief Bella. »Geruch ist gar nicht gut, wenn man

bei Menschen spuken soll. Die riechen dich doch, ehe sie dich sehen!«

»Fürwahr, mein Fädchen, da hast du recht«, sagte Torres Damast. »Als ich auf dem Dachboden dieser alten Mietskaserne in der Innenstadt spuken sollte, hat plötzlich jemand was von Veilchenduft gesagt.«

Mia lachte.

»Nur, weil du so köstlich duftest«, zog sie ihn auf. Sie stellte die Flasche mit dem Weichspüler auf den Boden, spülte die Kinder noch einmal sorgfältig aus und drehte sie zu drei Würsten zusammen. Dann legte sie die kleinen Gespenster nebeneinander auf die Bank und schüttelte sie aus.

»Au, beim singenden Schatten«, schrie Bella. »Das ist echt uggig!«

Enox entwand sich dem festen Griff seiner Mutter und wäre fast entkommen, aber am Ende packte sein Vater ihn und warf ihn in die Trockentrommel. Dann kamen Bella und Fiola an die Reihe und schließlich schlossen die Eltern die Glastür hinter ihnen.

»Das nenne ich konsequente Erziehung«, sagte Torres Damast und lachte zufrieden.

Mia drückte auf den Knopf und die Trommel fing an, zu brummen und sich zu drehen. Wieder und wieder wurden Fiola, Enox und Bella durch die warme Luft gewirbelt.

Bella starrte durch das dicke Glas in der Tür. Von dem starken Zitronenduft wurde ihr ganz schwindlig und schlecht.

Für einen Moment sah sie auf der Innenseite des dicken Glases ihr eigenes Spiegelbild. Ihr Gesicht war länglich und verzerrt. Plötzlich erschien ein kleiner Regenbogen auf der Tür der Trommel. Es musste an der Feuchtigkeit liegen! Bella hörte die Stimme ihrer Mutter. *Wer den Regenbogen sehen will, muss den Regen ertragen, meine kleine Bella Buuuh.*

Bella ließ ihren Blick zu einem Punkt wandern, wo die Farben verschwanden, und dachte an ihre Mutter, die das Pech gehabt hatte, aus dem obersten Regal zu fallen. Sie war von einer Näherin geschnappt und unter die Nähmaschine gelegt worden, ehe irgendwer auch nur *Piep* sagen konnte. Und schwupp, schon war aus ihr ein Mantel geworden, mit Ärmeln und einem Gürtel und fünf schwarzen Knöpfen auf der Vorderseite. Seither hatte niemand sie je wieder gesehen.

Es war nur ein Augenblick, ein entsetzlicher Augenblick, aber Bella hatte das Gefühl, dass er niemals ein Ende nehmen würde. Sie war nur ein kleines Gespenst.

Ein winzig kleines, einsames Gespenst. Tränen liefen über ihre Wangen.

Als Mia endlich die Glastür öffnete und sie herauszog, war Bella noch immer feucht. Mia schüttelte sie noch einmal und legte sie anschließend auf das Bügelbrett.

»So, und jetzt werdet ihr gebügelt.«

»Na gut, Mama«, sagte Fiola Flink.

»Von mir aus«, sagte Enox Ekel.

Bella blieb stumm.

Esme segelte in den Waschraum und wieder heraus. Sie hatte Thymian im Arm und wiegte ihn in den Schlaf. Torres Damast hatte sich ins Büro des Fabrikbesitzers zurückgezogen.

»Bella, du bist ja noch immer feucht«, sagte Mia.

Das kommt von den Tränen, dachte Bella.

Mia strich sie glatt und hob das Bügeleisen. Bella wand sich, das Eisen war glühend heiß.

Aber Mia hielt Bella fest und bügelte sie, bis das Gespenst richtig scharfe Falten aufwies.

Enox und Fiola lagen ganz still da. Jetzt waren sie an der Reihe.

Danach nahm Mia alle drei Kinder, segelte mit ihnen zurück in die Halle und hinüber ins Stofflager. Dort legte sie die drei übereinander ins oberste Fach, neben Winnie, Schrumpfiella und Linette. Bella wurde zwischen Enox und Fiola geschoben, damit sie nicht heimlich entwischen konnte.

»Gute Nacht, ihr Stoffstückchen«, sagte Mia. »Nur noch ein Tag und dann, wenn die Uhr Mitternacht schlägt, fangt ihr in der Nachtschule an. Das wird ein großes Abenteuer!«

»Ich glaube, ich mag solche großen Abenteuer nicht«, murmelte Bella.

Schrumpfiella flüsterte ihr vom Nachbarstapel her zu: »Du bist das tollkühnste Spagenst, das ich kenne, Bella. Wenn ich groß bin, will ich so werden wie du.«

Bella lächelte. »Gespenst, Schrumpfiella, nicht Spagenst.«

Sie legte sich zurecht. Schrumpfiella war ein echtes kleines Spitzengespenst und sie petzte nie, ganz im Gegensatz zu Fiola Flink.

Schnell räumten die erwachsenen Gespenster Tisch, Stühle, Teller, Essen und alles, was sie hätte verraten können, weg. Sie spülten das Geschirr im Spülbecken der Kantinenküche und schoben alles, selbst die Möbel, in die unsichtbare Schublade in der Wand draußen in der Fabrikhalle. Am Ende wischten sie die Böden in der Kantine und im Waschraum mit ihren Körpern ab, dann falteten sie sich ordentlich zusammen und legten sich als Stapel neben die Gespensterkinder. Esme und Klein Thymian bildeten einen eigenen kleinen Haufen. Im Regal unter den Gespenstern lagen Stapel und Rollen von normalen Stoffen mit Karos, Blumenmustern und Streifen, von einfarbigen Stoffen in schrillen und gedämpften Farben.

»Und dass ihr ja still liegen bleibt.« Mia Mysterium Grassa Damast legte sich neben ihren Mann Torres und die alte Ulla.

»Denn wie ihr wisst, sehen die Menschen keinen Unterschied zwischen lebenden Gespenstern und gewöhnlichen Stoffstücken«, fügte Torres Damast hinzu.

»Solange sie sich nicht bewegen, wohlgemerkt«, fügte Ulla Ungemach mahnend hinzu.

Die Gespenster schliefen ein, als gerade das erste Tageslicht durch die Fenster fiel. Kleine Staubteilchen tanzten im Lichtkegel. Bella träumte süß von der Sommernacht, in der sie und ihre Mutter tief über der Blumenwiese gleich hinter der Kleiderfabrik geschwebt waren. Die Wiese war so schön gewesen, mit ihren gelben Blumen und Grashalmen und Gänseblümchen. Sie hatten über schöne Dinge gesprochen, die sie glücklich machten. Damals hatte Bella geglaubt, dass alles immer so bleiben würde.

3. Kapitel

Herr Mysac, Frau Vampe und Graps Grimmo

Um Punkt sieben Uhr wurde das riesige Fabriktor unter lautem Krach geöffnet. Und zwar vom Fabrikbesitzer, Herrn Hektor Mysac.

»Aber, aber, Graps!«, sagte er zu seinem Hund. Dann hängte er den großen Fabrikschlüssel an einen Haken. Graps Grimmo war kein schöner Hund. Er war groß und Furcht einflößend. Das Gleiche galt auch für den Fabrikbesit-

zer. Wenn Herr Mysac lächelte, war es ein fieses Lächeln und seine Zähne waren groß und scharf. Beide – Herr Mysac und sein Hund – erinnerten irgendwie an einen Wolf.

Seine Sekretärin, Frau Vampe, kam immer gleichzeitig mit den beiden.

Sie trippelte hinter Hektor Mysac einher, dünn und groß, mit einer spitzen Nase und in einem grauen Kleid. Sie lief den ganzen Tag umher, lauschte an allen Ecken und Enden und hatte alles in der Fabrik im Blick. Frau Vampe arbeitete dort schon seit vierzig Jahren. Manchmal blieb sie stehen und schnupperte in der Luft herum. Sie glaubte, einen vagen Geruch nach Zitronen, Rosen oder Vanille wahrzunehmen, aber sie konnte einfach nicht verstehen, woher diese Düfte stammten.

»Ich setze schon mal den Kaffee auf, Herr Mysac«, sagte sie.

»Tun Sie das, Frau Vampe, und geben Sie Graps ein wenig Hundefutter, damit er sich nicht an den Angestellten vergreifen muss.«

»Selbstverständlich, Herr Mysac.«

»Und bitten Sie die Angestellten, sich zu beeilen,

wenn sie kommen. Sie wissen, ich hasse Trödelei und ich bin streng und ungerecht.«

»Natürlich, Herr Mysac«, sagte Frau Vampe lächelnd. »Ich bringe Ihnen dann den Kaffee, wenn er fertig ist.«

Hektor Mysac brummte zufrieden vor sich hin und ging in sein Büro, das Wand an Wand mit dem Stofflager lag. Ganz oben unter der Decke war ein kleiner Spalt in der Wand, sodass die Gespenster ihn im Auge behalten konnten. Bella war hellwach. Sie wollte lieber alles sehen, was in der Fabrik geschah, als einfach nur ordentlich zusammengefaltet wie ein Stück Klöppelspitze dazuliegen. Sie rutschte zwischen Enox und Fiola hervor, die tief und fest schliefen, und warf einen Blick durch den Spalt. Hektor Mysac hatte sich hinter seinen großen Schreibtisch gesetzt. Auf dem Boden lag Graps Grimmo. Der Fabrikbesitzer hatte eine Brille auf der Nase und sah wie immer die Schlüssel zu den abgesperrten Gängen durch. Es waren ganz besondere, merkwürdige Schlüssel. Sie lagen in seiner Schreibtischschublade, die ebenfalls immer abgeschlossen war. Bella hätte gern gewusst, wohin die Gänge führten und was sich an ihren Enden verbarg.

Herr Mysac schloss die Schublade mit einem Knall, der Torres Damast zusammenzucken ließ. Bella hielt für einen Moment den Atem an. Durch den Spalt sah sie, dass Hektor Mysac einen hohen Papierstapel zu sich zog. Frau Vampe brachte den Kaffee, aber er blickte nicht auf, sondern stieß nur ein leises Knurren aus und blätterte weiter hektisch in seinen Papieren. Vielleicht steht da etwas darüber, was aus meiner Mutter geworden ist, dachte Bella.

Als die Näherinnen in der Fabrik eintrafen, ließ Bella sich zwei Fächer tiefer nach unten schweben. Dort machte sie es sich bequem und wartete auf einem normalen Stoffstapel, während sie zusah, wie die Näherinnen Hausschuhe anzogen, sich eine Tasse Kaffee holten, Musterbögen, Stoffe und Scheren auspackten und sich an die Nähmaschinen setzten, die nun zu brummen und zu dröhnen begannen.

Der Tag ist immer schrecklich gefährlich für Gespenster, dachte Bella. Tagsüber hatte man einfach nicht seine Ruhe. Erst gegen sechs Uhr abends, wenn alle die Fabrik verlassen hatten und das große Tor hinter ihnen abgeschlossen war, fing für Bella und die anderen Gespenster das Leben wieder an.

Frau Vampe schaute plötzlich durch die Tür ins Stofflager. Bella blieb ganz still liegen.

Hektor Mysacs Sekretärin kam ganz ins Zimmer herein und murmelte: »Ich spüre, dass hier drinnen irgendetwas nicht stimmt. Als ob nicht zwangsläufig alles das wäre, wonach es aussieht. Ich weiß nur nicht so recht, woran das liegen könnte.«

Sie begreift nicht, dass wir Gespenster Seite an Seite mit den Menschen leben, dass das, was die Menschen einfach für ein Laken, einen Bettbezug, eine Tischdecke, einen Brautschleier oder ein Handtuch halten, in Wirklichkeit vielleicht ein lebendes Gespenst ist, dachte Bella. In ihr perlte ein kleines Lachen hoch. Frau Vampe, die gerade den Raum wieder verlassen wollte, fuhr herum und starrte die Regalwand an. Bella hielt den Atem an. Hoffentlich holte Frau Vampe jetzt nicht die Leiter, um im obersten Fach nachzusehen . . .!

Frau Vampe stand mucksmäuschenstill da und lauschte. Dann schnupperte sie in der Luft herum, »Zitrone«, fauchte sie. »Hier riecht es nach Zitrone!«

Jetzt darf ich ja nicht niesen, dachte Bella und hörte zugleich, wie die Schnittmusterbögen draußen in der Fabrikhalle knisterten, als die Näherinnen sie auseinanderfalteten und zuschnitten, um Hosen, Kleider und Mäntel zu nähen, als ob ihr Leben davon abhinge.

Frau Vampe blieb einen Moment stehen und witterte, dann machte sie auf dem Absatz kehrt und war verschwunden.

Bella flatterte noch ein Fach weiter nach unten und legte sich auf einen lilafarbenen Seidenstoff. Sie wollte gerade weiterschweben, als plötzlich eine Näherin das Stofflager betrat.

»Mal sehen, ob ich einen Hawaiistoff finde«, murmelte die Näherin vor sich hin.

Bella lag mucksmäuschenstill auf dem lilafarbenen Seidenstoff neben einer Rolle von gelb gemustertem Satin. Am Ende nahm die Näherin einen Stoff mit Schottenkaros und ging wieder hinaus. Bella atmete erleichtert auf, beugte sich vor, faltete sich auseinander und ließ sich zu Boden schweben.

In dem Moment, in dem Bella unter sich den Steinboden spürte, kam die Näherin zurück. Bella fiel voller Todesangst mit einem uggigen Gefühl im Bauch auf dem Boden in sich zusammen. Die Näherin lief mit energischen Schritten auf sie zu, bückte sich und hob Bella Buuuh auf.

»Vielleicht könnte ich das hier nehmen. Ja, das glaube ich wirklich. Das kann ich!«

Sie nahm Bella mit in die Fabrikhalle, legte sie auf den Mustertisch, breitete einen Musterbogen über sie und steckte ihn mit Stecknadeln fest. Au, wie das pikste. Bella wand sich vor Schmerzen, aber die Näherin drückte sie nach unten. Dann nahm sie die große Schere in die Hand. Plötzlich stand Frau Vampe da, gleich neben dem Tisch. Sie hob Bella Buuuh auf Gesichtshöhe und starrte sie mit ihren stechenden Augen an.

»Dieser Stoff ist ja nicht mal gut genug für eine Windjacke«, sagte sie spöttisch und riss den Musterbogen von Bella, zog mit raschen Bewegungen die Nadeln heraus und ging mit ihr in die Kantine. Dort warf sie Bella über einen Tisch und stellte eine Blumenvase auf ihr ab.

»So, das hier muss erst mal als Tischdecke dienen.«

Das hier, das bin ich, dachte Bella, die trotz allem erleichtert war, dem Schlund der Nähmaschine entronnen zu sein.

Frau Vampe deckte Bella mit zwei Tellern, zwei Gläsern und zwei Kaffeetassen. Dann rief sie: »Herr Mysac, es gibt Kaffee und einen kleinen Happen, eine schnelle Mahlzeit für zwischendurch.«

Plötzlich stand Hektor Mysac da. Bella durchfuhr ein Zittern.

»Na los, Grapsihapsi, fieser Knabe, du kriegst auch einen kleinen Leckerbissen.«

Bella Buuuh hielt den Atem an. Der schreckliche Hund knurrte leise und schnüffelte an einem ihrer Zipfel. Sie hatte fast das Gefühl, dass er sie tief in seinen ekligen feuchten Rachen ziehen wollte. Und als ob das nicht schon schlimm genug war, rieb der Köter auch noch seine sabbernden Lefzen an einer Naht, sodass ein Streifen Sabber kleben blieb. Bella konnte ein Schaudern nicht unterdrücken – wie uggig! Und dabei war sie doch frisch gewaschen und gebügelt!

»Runter«, sagte Frau Vampe streng und goss Kaffee in die weißen Tassen. Nur Frau Vampe durfte so mit dem Hund des Fabrikbesitzers sprechen.

Hektor Mysac setzte sich, warf Graps Grimmo ein

Stück Zucker hin und trocknete sich an Bella die Hände ab. Dann legte er seine ricsigen Hände neben seinen Teller, auf dem ein riesiges Brot mit Hähnchenfleisch und Remoulade lag. Frau Vampe reichte ihm Messer und Gabel. Der Fabrikleiter nahm alles entgegen und fing an, wütend an seinem Brot herumzusäbeln. Er aß so gierig, dass Fleischstücke, Remoulade und Krümel über Bella dahinstoben. Immer wieder musste sie fast niesen.

Plötzlich schwappte der Kaffee über, als Hektor Mysac die Tasse an den Mund hob und von dem heißen Getränk schlürfte.

Bella zuckte zusammen, als der Kaffee sie unten im Rücken traf.

Ein Tischtuch zu sein, war kein Spaß. Von oben bis unten mit Flecken besudelt, hing Bella Stunde um Stunde mucksmäuschenstill über dem Tisch. Erst als die letzten Arbeiterinnen gegangen waren und Herr Mysac das Licht gelöscht und zusammen mit Frau Vampe und Graps Grimmo das Tor abgeschlossen hatte, konnte Bella aufatmen. Aber sie konnte den Tisch nicht verlassen, weil mitten zwischen ihren Augen diese schrecklich große, schwere Blumenvase stand.

Und dann – plötzlich – war Torres Damast da. Er hob die Blumenvase wütend hoch und riss Bella vom Tisch.

»Was zum allermurkigsten Musketenmuskelmurks treibst du denn hier? Ist dir klar, welcher Gefahr du uns allesamt aussetzt? Niemand darf von unserer Existenz erfahren! Du hast gefälligst den ganzen Tag still im Regal zu liegen! Und das weißt du genau!«

»Ich kann alles erklären, Onkel Torres«, piepste Bella.

4. KAPITEL

Bella Buuuh und die Nachtschule

Das Schulhaus war aus Stein und hatte drei Etagen. Aus allen Richtungen strömten die Gespensterkinder zur Nachtschule. Einige kamen aus dem Bettwäschelager des Krankenhauses, andere aus der Segeltuchfabrik, aus dem Stoffladen im Einkaufszentrum, aus der Reinigung in der Hauptstraße, dem Friseursalon und der alten Sackfabrik unten bei den Wasserfällen. Bella Buuuh, Fiola Flink und Enox Ekel waren die Einzigen aus der Kleiderfabrik. Um Punkt Mitternacht summte die Schulglocke. Es war nicht der Klingelton, der tagsüber erklang, sondern sie summte und zischte wie ein großes Insekt.

An der Schule gab es nur eine einzige Lehrerin und das war Sofia Schrecklassnach. Sie kam aus dem Bettwäschelager des *Grand Hotel.* Jetzt versammelte sie die dreizehn neuen Gespenster in der großen Halle mit dem schwarz-weiß karierten Boden. Sie arbeitete bereits seit über neunzig Jahren an der Schrecklassnach-Nachtschule für Übungsbedürftige Spuk- und Störgespenster, kurz SCHNÜSS. Sie war beängstigend bleich und wahnsinnig groß. Bella fiel auf, dass sie ungefähr in der Mitte ihres Körpers einen Tintenfleck hatte, obwohl Gespenster eigentlich nur unsichtbare Tinte benutzten. Bella selbst war voller Kaffeeflecken, Hähnchenreste klebten an ihr und alles war mit Remouladensoße verschmiert.

Sofia Schrecklassnach starrte die Gespensterkinder, die ganz still abwarteten, streng an.

»Das hier ist kein Vergnügungspark, sondern ein Forum der Bildung«, sagte sie mit scharfer Stimme. »Und jetzt kommt mit mir.«

Forum klingt witzig, dachte Bella. Das hatte sicher damit zu tun, dass man wie ein Wirbelwind herumfuhr.

Die Lehrerin segelte vor ihnen her durch den Gang und dann ins Klassenzimmer. »Sucht euch ganz schnell eure Plätze. Wir haben nicht viel Zeit, die Nacht ist kurz. In meinem Unterricht wird keinerlei Unfug gemacht!«

Bella setzte sich ganz hinten auf einen Platz neben Zilly Zäh, die ihr schon einmal begegnet war. Zilly lebte mit ihrer Familie im Wäschelager des Krankenhauses. Sie war bekannt als der horrormäßigste Horror des ganzen Hospitals. Fiola Flink und Enox Ekel setzten sich natürlich ganz nach vorne.

Bella schaute sich im Klassenzimmer um. Die Vorhänge vor den hohen Fenstern waren geschlossen und die Menschenkinder, die tagsüber diese Schule besuchten, hatten ihre Zeichnungen neben der Tür an der Wand befestigt.

Sofia Schrecklassnach stand vorn bei der Tafel: »Willkommen, ihr schrecklichen kleinen Stofffetzen.« Ihre Stimme war nicht nur scharf, sondern auch heiser. »Ihr werdet bei mir lernen, was es heißt, über einen unerschütterlichen Geist und Bauchgefühl zu verfügen. Ich werde euch in Lakenangst, Notlügen und Schreckenspropaganda unterrichten. Außerdem stehen Terrainfliegen und der Umgang mit Radar auf dem Stundenplan. Dreizehn Gespensterkinder in der Klasse, das bedeutet Unglück und das ist gut«, fügte sie dann hinzu. »Ihr werdet gehorchen und nicht mucksen. Wer muckst, wird sofort an den Schlingelhaken gehängt.«

Bella hob einen Zipfel.

»Ja, Bella Buuuh?«

»Entschuldigung, aber wo ist der Schlingelhaken, verehrter Bettbezug?« Bella wollte in dieser ersten Nacht ganz besonders höflich sein.

»Dort, du kleiner Stoffstreifen.« Sofia Schrecklassnach zeigte auf einen Haken, der ganz hinten an der Decke befestigt war. »Und nenn mich ja nicht Bettbezug. Das ist eine Beleidigung meiner Position.«

Zilly Zäh kicherte.

»Okay, Schreckschraube«, sagte Bella.

»Wenn du jetzt mit Stören aufhören könntest, du

kleine Grausmaus, dann könnten wir anfangen«, sagte Sofia Schrecklassnach und fügte hinzu: »Du kannst mich Frau Schrecklassnach nennen.«

Bella und Zilly krümmten sich vor Lachen.

Sofia Schrecklassnach fügte hinzu: »Außerdem müsst ihr lernen, wie ihr euch hochhappt und wie ihr Sternenstrahlen deutet. Wir Gespenster haben fünf Lichtjahre, ehe wir den siebten Stern aufsuchen müssen. Das ist eine unendlich lange Zeit. Der siebte Stern kann nur unter größter Anstrengung entdeckt werden, aber er zeigt mit seinem Licht auf die Erde – um genau zu sein, auf Orte, die wir Gespenster finden sollen. Und einige Strahlen zeigen nach oben in das Universum. Und was glaubt ihr, was man dort findet?«

»Den Himmel, Frau Lehrerin«, sagte Fiola Flink.

»Ja, aber hinter dem Himmel?«

»Die Milchstraße«, sagte Bella laut und bekam eine Gänsehaut.

»Mit wem hast du darüber gesprochen, Bella Buuuh?«

»Mit der alten Ulla Ungemach. Sie hat von dem Rätsel der Milchstraße erzählt und davon, dass alle Orte auf der Erde von dort aus zu sehen sind. Wann werden wir den siebten Stern durchnehmen?«

»Das kommt erst viel später im Lehrplan. Du musst lernen, dich in Geduld zu üben, Bella Buuuh. Zuallererst wollen wir uns jetzt nämlich auf Wörter konzentrieren. Ihr werdet jede Nacht ein gefährliches Wort lernen. Das erste gefährliche Wort ist *Konfektion*. Merkt euch dieses Wort. Schreibt es auf und prägt es euch ein. Morgen werdet ihr dazu abgehört. Wenn alle es aufgeschrieben haben, machen wir mit Naturkunde weiter. Ihr werdet zum ersten Mal – mit mir an der Spitze – Terrainfliegen üben. Kommt schon, wir segeln jetzt gleich los. Wir haben keine Zeit zu verlieren. Ich werde euch meine Anweisungen während des Fliegens erteilen!«

Auf dem Schulhof sprach Sofia Schrecklassnach weiter: »Um wirkliche Spitzenflieger und Topgleiterinnen zu werden, müsst ihr lernen, den Kurs zu ändern und Signale aufzufangen. Wichtig dabei sind Bauchgefühl, Sternenstärke und Wunderglaube. Ihr werdet lernen, höher zu fliegen als bisher.«

Sofia Schrecklassnach kehrte der Klasse den Rücken zu. »Mir nach!«

Langsam hob sie ab.

»Na los, lasst euch vom Luftstrom erfassen. Ihr müsst

das Beste aus euch herausholen, ihr kleines Allwetter-gesindel!«

Ein kleines Gespenst nach dem anderen folgte zögernd ihrem Beispiel. Bella flog als Fünfte los. Es war fantastisch, die Stadt von oben zu sehen. Alles sah so klein aus, das Krankenhaus, das Hotel und die Kleiderfabrik.

Nach einem vorsichtigen und unsicheren Start flog die Lehrerin mit ihrer Klasse immer weiter nach oben.

Der Mond war am schwarzen Himmel weiß wie Papier. Sie schwebten über Hügel und an Höhenzügen entlang.

»Das gefällt mir«, rief Bella Zilly Zäh zu, die jetzt neben sie geflogen kam.

»Mir auch«, sagte Zilly Zäh.

»UHUUUUUUUU«, riefen sie im Chor.

Plötzlich, als wollte sie ihre Schüler austricksen, flog Sofia Schrecklassnach steil nach oben. Die kleinen Gespenster stöhnten auf, folgten ihr aber tapfer. Dann ließ sie sich wieder nach unten fallen und segelte über die Baumwipfel, die Klasse wie einen Schweif hinter sich herziehend. Aber die Lehrerin hatte ein zu hohes Tempo erreicht. Bella bremste ab und merkte, wie das Fliegen ihr ein übermutiges, unbekümmertes Gefühl gab. Sie fand, Sofia Schrecklassnach flog wie eine Tänzerin.

Plötzlich streifte Fiola Flink einen Baum und fiel wie ein Lappen zu Boden. Es sah so komisch aus, dass Bella losprustete.

Fiola Flink kam wieder hoch, schaute Bella verärgert an und sagte: »Wie kannst du es wagen zu lachen, wenn ich gegen einen Baumwipfel knalle? Das sag ich

Mama und Papa! Du hast keine Mama, mit der du zusammen fliegen kannst, ätsch! Und ich habe eine!«

»Das war gemein, Fiola.« Bella spürte, wie ihr Magen sich zusammenkrampfte. Sie landete auf einer Erle. Die Blätter bewegten sich hin und her und raschelten im Wind eine leise Melodie.

»Haha!« Enox Ekel ließ sein hinterhältiges Lachen hören. »Bist du jetzt sauer, Bella?«

»Hört mit dem Zanken auf!«, sagte Sofia Schrecklassnach.

»Ich bin nicht sauer«, sagte Bella, stieß sich von dem Zweig ab, auf dem sie saß, und erhob sich in die Luft. »Ich bin traurig.« Dann flog sie von den anderen weg und drehte alleine zwei Runden.

»Komm zurück!«, rief Sofia Schrecklassnach. »Und du, Fiola Flink, musst dich besser in Acht nehmen. Wir werden heute noch nicht in die allerhöchsten Sphären fliegen«, fügte sie dann hinzu und schaute sich zu ihrer Klasse um. »Große Höhen können jedem Gespenst den Atem rauben, und wenn es etwas gibt, das für Gespenster enorm wichtig ist, dann sind es Atem und Gleichgewicht«, erklärte Sofia Schrecklassnach mahnend. »Und jetzt werden wir ein klein wenig die Radargeräte der großen Flugstation durcheinanderbringen«, kicherte sie. »Ein bisschen Spaß muss man sich mitten in der Schulstunde schließlich gönnen – zumal die Meteorologen und Piloten mächtig staunen werden. Ganz zu schweigen von den Fluglotsen, die werden durchdrehen. Also los, Kinder!«

Am nächsten Morgen war in der Zeitung der Menschen zu lesen:

Außergewöhnliches Wetter letzte Nacht!

Große meteorologische Störungen
auf Wetterradar registriert

Letzte Nacht wurden zahlreiche, ungewöhnlich kleine Wolken am Himmel geortet, die sich blitzschnell bewegten. Die Meteorologen stehen vor einem Rätsel.

5. Kapitel

Wahrheiten, Unwahrheiten und Schlingelhaken

In der folgenden Nacht stand Theorie statt Freiluftbeschäftigung auf dem Stundenplan der Nachtschule. Obwohl der Unterricht ganz gut anfing, endete er für Bella in einer Katastrophe.

Bella Buuuh und Zilly Zäh hatten einander gefunden – ein einziger Blickwechsel hatte ausgereicht, um die beiden Freundschaft schließen zu lassen. Das passte Fiola Flink überhaupt nicht.

»Vergiss nicht, dass wir beide Freundinnen sind, Bella«, sagte sie immer wieder.

Sofia Schrecklassnach hörte die Hausaufgaben ab.

»Enox Ekel Damast, was war das gefährliche Wort unserer letzten Schulstunde?«

Enox starrte das geschlossene weiße Schreibheft an, das vor ihm lag. »Ich weiß nicht mehr so genau«, sagte er.

Fiola Flink hob eifrig einen Zipfel.

»Ja, Fiola Flink, kannst du deinem schlecht vorbereiteten Bruder vielleicht weiterhelfen?«

»Konfektion, Frau Lehrerin!«

»Und was bedeutet Konfektion?«

»Das ist alles, was genäht wird, Frau Lehrerin. Jacken und Hosen und Kleider.«

»Ausgezeichnet, Fiola. Du bist ein tüchtiges Gespenstermädchen. Schreibt jetzt das Wort *drahtlos* in euer Heft und findet bis morgen heraus, was es bedeutet. Nur zu eurer Information will ich noch erwähnen, dass wir in kurzer Zeit auch die Erste Wahrheit durchnehmen werden. Die Erste Wahrheit hat etwas mit Identität zu tun. Insgesamt werdet ihr Zehn Wahrheiten kennenlernen. Versteht ihr, was das bedeutet?«

»Nein«, riefen Bella und Zilly wie aus einem Munde.

»Ich glaube, ich verstehe es«, sagte Fiola Flink.

Sofia Schrecklassnach starrte Enox Ekel an. »Und du?«

»Ich weiß nicht so recht. Keine Ahnung.«

»Das ist ja mal wieder typisch für dich, Enox Ekel. Einige Gespensterkinder sind in der Tat etwas langsam im Kopf, andere sind wissbegierig und klug. Ihr werdet die Zehn Wahrheiten unterschiedlich schnell verstehen. Ich werde bald herausfinden, zu welcher Gruppe ihr gehört. Jede Woche werde ich mir Notizen über euch machen und in ein großes Nachtbuch eintragen – in dieses hier! Daran kann ich jederzeit ablesen, wo ihr gerade steht – dessen könnt ihr euch so sicher sein wie des Spukens bei Nacht! Für jede Wahrheit, die ihr findet, bekommt ihr einen Entwicklungskalender. Und ganz am Ende, wenn ihr alle Zehn Wahrheiten erkannt und die Prüfung bestanden habt, wird euch euer Lebenskalender überreicht. In diesem wird auch stehen, wer ihr einmal werdet!«

»Reden Sie doch bitte nicht in Rätseln!«, rief Bella.

»Was im Namen aller gespenstischen Gespenster erlaubst du dir denn? Wenn ich rede, hast du gefälligst deine Schnauze zu halten!«

»Ich hab doch gar keine Schnauze«, sagte Bella beleidigt. »Hunde haben Schnauzen, Graps Grimmo zum Beispiel. Der sabbert und ist schleimig und klebrig und glitschig.«

Die Klasse lachte. Sofia Schrecklassnach kam mit raschen Schritten auf Bella zu und blieb vor ihrem Tisch stehen. »Du kleiner Süßschnabel«, sagte sie mit sanfter Stimme.

»Danke«, sagte Bella.

Die anderen Gespenster lachten. Bella wusste noch nicht, dass die Lehrerin umso gefährlicher wurde, je milder ihre Stimme klang.

Plötzlich überstürzten sich die Ereignisse.

Sofia Schrecklassnach zog Bella vom Stuhl hoch und machte einen großen Knoten in sie hinein. Zugleich öffnete sich in der Decke über Bellas Tisch eine kleine Luke, und ehe Bella sich's versah, hatte sich ein Schwall Wasser über sie ergossen.

Sofia Schrecklassnach schnappte sich die triefende Bella und trug sie

zu dem schrecklichen Schlingel, den sie nun eilig von der Decke herunterließ.

Dann hängte sie Bella an den Haken und hievte sie nach oben.

»Jetzt bleibst du da hängen, bis du trocken hinter den Ohren bist, ist das klar?«

»Ich dachte, man sollte in der Schule lernen, Mut zu haben«, gurgelte Bella. »Das haben Sie doch gesagt!« Das Wasser strömte nur so aus ihr heraus und sammelte sich auf dem Boden zu einer kleinen Pfütze.

Sofia Schrecklassnach blieb stehen und schaute wütend zu ihr hoch.

Sie sieht mächtig beeindruckend aus, dachte Bella ängstlich.

Sofia Schrecklassnach schnaubte. »Du musst erst einmal lernen, dich zu benehmen. Das steht jedenfalls fest!«

Eilig lief sie an den Tischen entlang und stieg wieder zu ihrem Pult hoch.

»Dann machen wir jetzt weiter. Die erste Aufgabe, die ich euch stelle, ist leicht. Ich mache eine Liste von Dingen, vor denen Menschenkinder sich fürchten.« Sie griff zu einem Stück Kreide und schrieb an die Tafel:

»Wer von euch weiß, was mit dieser Liste nicht stimmt?«

Fiola Flink drehte sich um und schaute zu der triefenden Bella hoch. Enox Ekel guckte nach unten auf seinen Tisch.

Zilly Zäh grinste Bella aufmunternd an.

Sofia Schrecklassnach ließ ihren fragenden Blick über die Klasse schweifen.

Bella starrte die Tafel an. Man musste ja fast hellseherisch sein, um diese Schrift von so weit weg lesen zu können, dachte sie, dann sagte sie: »Sie haben da einen Tintenklecks auf dem Bauch, Frau Schrecklassnach.«

»Ich habe was?«

»Einen Tintenklecks auf dem Bauch, Frau Schrecklassnach«, wiederholte Bella. »Hat das vielleicht etwas mit dem Bauchgefühl zu tun, von dem Sie gesprochen haben? Oder sind Sie vielleicht nicht makellos?«

»Wie kannst du es wagen, mich auf meinen persönlichen Unglücksfall und meinen äußeren Makel anzusprechen? Du fängst an, mir wahnsinnig auf die Nerven zu gehen, Bella Buuuh!«

Ein erschrockenes Raunen ging durch die Reihen der Gespensterkinder.

»Nein«, sagte Bella Buuuh. »Ich kann Ihnen doch gar nicht auf die Nerven gehen. Schließlich hänge ich hier oben, triefnass, verknotet und völlig missverstanden.«

Sofia Schrecklassnach zitterte vor Wut. »Du bist eine unglaublich verzogene Göre, Bella! Am liebsten würde ich dich ein paar Köpfe kleiner machen!«

»Und an wie viele Köpfe genau denken Sie da, Frau Schrecklassnach?«

»Ich muss mich wirklich sehr zusammennehmen, dass ich mich vor Zorn hier nicht in Fetzen reiße! Kann jetzt endlich jemand meine Frage beantworten? Was ist falsch an der Liste, die an der Tafel steht?«

In der Klasse war es ganz still.

»Na gut«, sagte Sofia Schrecklassnach und strich die ersten vier Wörter mit ruckhaften Bewegungen durch.

»Monster, Hexen, Trolle und Ungeheuer gibt es in Wirklichkeit doch gar nicht. Sie sind *Unwahrheiten*. Es gibt also sowohl *Wahrheiten* als auch *Unwahrheiten* auf der Welt. Das ist die Antwort, ihr kleinen Dummköpfe! Denkt darüber mal nach! Das meiste, wovor Menschenkinder sich fürchten, gibt es in Wirklichkeit gar nicht. Aber Gespenster gibt es! Und es ist wichtig, dass wir aufrechterhalten, woran die Menschenkinder glauben, damit sie sich weiterhin vor uns fürchten!«

Um 03:32 Uhr wurde Bella endlich von der Decke heruntergelassen und aufgeknotet. Ihre unterste Naht war noch immer feucht und dennoch wartete bereits die nächste Strafe auf sie. Ihr wurde die Aufgabe gestellt, einem schlafenden Menschenkind Angst einzujagen.

»Ihr anderen könnt nach Hause gehen, aber du, Bella, musst deine Lektion erst noch lernen. Als zusätzliche Strafe wirst du heute Nacht dasjenige Kind aufsuchen, das tagsüber auf deinem Platz sitzt. Du kannst die

Tischklappe öffnen und nachsehen, wer das ist. Dann fliegst du zu diesem Kind nach Hause, gehst in das Haus, wo es mit seinem Vater wohnt, suchst sein Schlafzimmer und erschreckst es auf die buuuhigste Art und Weise. Ist das klar? Und morgen erzählst du uns dann allen, wie dir diese Aufgabe gelungen ist!«

6. Kapitel

Zwei entsetzliche Ereignisse

»Wie uggig«, flüsterte Bella zitternd und lugte verstohlen zu Zilly Zäh hinüber, die noch ein wenig bei ihr geblieben war.

»Happ dich hoch, Bella. In dir steckt Sternenstoff. Das schaffst du!«, sagte Zilly und lächelte ihrer neuen Freundin aufmunternd zu, ehe sie durch die Tür schwebte und verschwunden war.

Bella seufzte und öffnete die Klappe in ihrem Tisch. Dort lag jede Menge Hefte. *Pinneus Mysac, Kastanienweg 12,* stand in krakeliger Schrift darauf.

»Das ist Pinneus, der Sohn von Hektor Mysac«, flüsterte Bella in das leere Klassenzimmer. Sie ließ den Deckel mit einem leisen Knall zufallen.

Pinneus kam manchmal nach der Schule zum Spielen in die Fabrik. Einmal hatte er im Stofflager Fußball gespielt. Der Ball war gegen das oberste Fach geprallt und hatte fast den hohen Gespensterstapel umgeworfen. Torres Damast war noch Tage danach außer sich gewesen. Und Hektor Mysac war ebenfalls in Wut geraten. Der arme Pinneus – bei dem Vater! Der Fabrikbesitzer schimpfte ihn die ganze Zeit aus.

Bella Buuuh sank auf ihrem Stuhl in sich zusammen. Alles war schiefgegangen. Warum geriet immer sie in solche schwierigen Situationen? Ein Gefühl der Leere breitete sich in ihr aus. Warum musste alles so scheußlich und traurig sein?

Sofia Schrecklassnach hatte gesagt, sie sollten lernen, Spitzenflieger und Topgleiterinnen zu werden, es gehe um Bauchgefühl, Sternenstärke und Wunderglauben. *In dir steckt Sternenstoff,* hatte Zilly gesagt. Bella richtete sich auf. Ein Gespenst durfte nicht auf einem Stuhl in einem Klassenzimmer in sich zusammensinken, nur weil alle sich gegen es verschworen hatten. Plötzlich hörte sie in Gedanken die Stimme ihrer Mutter. *Du musst dich immer aufs Wesentliche konzentrieren, meine Bella. Sei wachsam und halte immer deinen Kurs.*

»Fokus«, sagte Bella laut, sprang von ihrem Stuhl und blies sich auf. »Fokus und fester Kurs! Zur Tat! Es gibt mich! Ich habe unendlich viel Zeit! Pinneus Mysac, hier komme ich, um dir Angst einzujagen!«

Bella Buuuh segelte aus dem Klassenzimmer und weiter zur Tür des Nachtbüros, wo Sofia Schrecklassnach jetzt sitzen musste. Sie lauschte, aber es war ganz still.

»Zur Tat«, flüsterte Bella vor sich hin und jagte durch den Gang, rollte sich zusammen und zwängte sich durch das Schlüsselloch der Schultür. Sie flog über den Schulhof und dann hinaus auf die Hauptstraße. Kein Mensch war zu sehen, es gab nur Stille, geschlossene Läden und Restaurants.

Auf den Straßen standen parkende Autos. Bella drückte sich an den Fassaden der großen Häuser entlang und schlich an grell erleuchteten Schaufenstern vorbei. Automatisch warf sie einen raschen Blick auf die Schaufensterpuppen, um zu sehen, ob ihre Mutter vielleicht an einer hing. Aber nein!

Bella sammelte Luft unter ihrem weißen zeltartigen Körper und ließ sich an der Fassade des großen Kaufhauses hochsteigen. Sie wogte eilig über den Dachfirst und schaute auf der anderen Seite in die Buchenallee hinunter. Hektor Mysacs Haus lag ein Stückchen weiter fort, in der Allee mit den hohen Kastanien, gleich neben der Kleiderfabrik.

Bella ließ sich vom Dach fallen, glitt vorbei an einer Reihe parkender Autos, durchquerte zwei große Gärten und befand sich plötzlich vor dem vornehmen rosa Steinhaus mit den Bogenfenstern, in dem Hektor Mysac und sein Sohn wohnten. Bella versteckte sich hinter einem der Torpfosten und betrachtete das Haus in dem gepflegten Garten. In der Einfahrt stand Herrn Mysacs großes schwarzes Auto. Der Garten war voller Ziermauern, auf denen in kleinen Büscheln Moos zwischen den Steinen wuchs. Bella starrte gebannt das Haus mit den blanken schwarzen Fensterscheiben an. Es war kühl, das fiel ihr plötzlich auf. Sie war noch immer nicht ganz trocken hinter den Ohren. Sie zitterte vor Kälte und außerdem hatte sie Hunger.

Plötzlich ging ihr auf, dass auch Pinneus' grausiger Vater und der schreckliche Hund Graps Grimmo sich im Haus befinden würden.

Sie keuchte auf, riss sich aber rasch wieder zusammen.

»Happ und Fokus!«, sagte sie in die Nacht hinaus und

machte eine blitzschnelle Bewegung. Wie ein kleiner weißer Pfeil schnellte sie dann über den Rasen. Sie bremste unmittelbar vor der Mauer über dem Rosenbeet und schaute auf. Ein Fenster war gekippt.

Durch das Rauschen der Baumwipfel glitt ein anderes, stilleres Geräusch in ihr Bewusstsein. Es war das Geräusch ihrer Angst. Sie fürchtete sich. Bella warf einen letzten Blick in den dunklen Garten, dann presste sie sich durch den Fensterspalt.

Im Zimmer war es ganz still und dunkel. Sie sah die Umrisse eines Bettes, eines Schreibtisches, vor dem ein Stuhl stand, und einer Stehlampe, die wie ein gemeines Ungeheuer aussah. Auf dem Bett lag eine riesige Decke und auf dem Kopfkissen ruhte ein ungeheuer zerzauster Kopf. Und jemand atmete!

Bella hielt den Atem an und lauschte. Wenn da nun der Fabrikbesitzer lag . . .! Sie kniff die Augen zusammen und glitt näher an das Bett heran.

Bella lächelte ein hartes kleines Lächeln, als sie erkannte, dass dort eben doch nur Pinneus Mysac lag. Sie atmete auf und merkte, wie die Angst von ihr abfiel. Sie happte sich hoch, beugte sich über den Jungen und glitt an seiner Wange entlang. Pinneus hat in diesem Schlafzimmer sicher schon viele Millionen Mal ein- und ausgeatmet, dachte Bella. Und er kannte sie nicht, wusste einfach rein gar nichts über sie.

»Uhuuu«, begann sie und räusperte sich leise, hob einen Zipfel und legte ihn auf die Hand des Jungen.

Pinneus Mysac drehte sich um und murmelte im Schlaf. Bella wich rasch zurück, glitt aber langsam wieder auf das Bett zu und beugte sich ein weiteres Mal über ihn. Dann musste sie plötzlich ungeheuer heftig niesen.

Pinneus Mysac fuhr aus dem Schlaf hoch und setzte sich im Bett auf. So schnell, dass Bella zurückzuckte und gegen die riesige Stehlampe knallte, die krachend zu Boden fiel.

»Bleib gefälligst ruhig, du Stück Uggig hoch drei. Stör mich nicht so unverschämt beim Spuken!«, rief Bella Buuuh gereizt vom Boden her.

»Hä?«, schrie Pinneus Mysac und knipste die Nachttischlampe an. Er rieb sich die Augen. »Wer bist du? Woher kommst du?«

Bella warf sich wie ein schmutziges, feuchtes Handtuch über den Lampenfuß.

»Nerv hier nicht so rum«, rief sie, während ihr zugleich aufging, dass sie ihren Auftrag nicht ausgeführt hatte. Pinneus fürchtete sich überhaupt nicht vor ihrem buuuhigen Spukauftritt.

Plötzlich waren vor der Schlafzimmertür eilige Schritte und wütendes Bellen zu hören. Hektor Mysac und Graps Grimmo, durchzuckte es Bella. Gerade als jemand nach der Türklinke griff, begegneten sich die Blicke von Bella und Pinneus Mysac. Für einen kurzen Moment sah Bella das Licht in Pinneus' Augen, als seien sie weit weg, alle beide. Als befänden sie sich jenseits der Zeit.

»Dich gibt es doch überhaupt nicht«, flüsterte Pinneus Mysac vor sich hin, als die Tür aufgerissen wurde. Graps Grimmo kam zwischen den Beinen des Fabrikbesitzers hereingestürzt und Hektor Mysac stand keine Sekunde später in einer riesigen gestreiften Unterhose im Zimmer.

»Unbezwingbarer Geist!«, keuchte Bella, dann machte sich der Hund über sie her. Er schlug die gebleckten Zähne in ihren Stoff, riss sie hoch und schüttelte sie wütend hin und her, während der Fabrikbesitzer seinen Sohn anbrüllte: »Du siehst aus, als ob du ein Gespenst gesehen hättest, du Idiot! Hast du etwa schon wieder Albträume? Reiß dich zusammen, du verdammter Waschlappen!«

Bella wurde es schwarz vor Augen, sie hatte das Gefühl, sich an einem anderen Ort zu befinden. Graps Grimmo versuchte, sie in Fetzen zu reißen.

Bella wollte sich loswinden, aber der Hund ließ nicht locker.

»Nein, Papa«, rief Pinneus verzweifelt. »Das war kein Traum!«

»Sei still, Junge! Und du auch, du Idiot von Köter! Loslassen, Graps, loslassen!«

Hektor Mysac riss Bella aus dem Hunderachen.

»Was zum Teufel ist das denn hier? Ein Scheuerlappen? Hat die Putzfrau einen von ihren Lumpen vergessen?«

»Ja, Papa.«

»Dann werfe ich den sofort in den Mülleimer oder besser noch in den Kamin.« Der Fabrikbesitzer knüllte Bella mit seiner Pranke zusammen, lief durch das Zimmer und stellte die Lampe wieder auf.

»Und jetzt WIRD GESCHLAFEN, Pinneus, du elendiges Balg.« Der Fabrikbesitzer scheuchte den Hund aus dem Zimmer und knallte wütend die Tür hinter sich zu.

Bella kniff die Augen zusammen. Hektor Mysac hatte gedroht, sie zu verbrennen!

Pinneus öffnete die Tür und stürzte hinter seinem Vater her.

»Aber, Papa, du kannst doch jetzt nichts verbrennen, mitten in der Nacht!«

»Kann ich wohl, Junge.« Hektor Mysac schaltete den Kronleuchter im Wohnzimmer ein. »Ich entscheide immer noch selbst, wann ich in meinem eigenen Haus etwas verbrennen will.«

Barfuß stand Pinneus in seinem gestreiften Schlafanzug auf dem blanken Boden. Graps Grimmo knurrte ihn leise an.

Hektor Mysac öffnete den Kamin und warf Bella in die Asche.

»Ein nächtliches Kaminfeuerchen ist nicht zu verachten.« Hektor Mysac musterte seinen Sohn mit verärgerter Miene. »Ich hab ja schon verstanden, dass das hier dein Schmuselappen ist, Junge! Du törichtes Wickelkind! Du solltest dich schämen! Ich jedenfalls schäme mich für dich.«

Bella zitterte ganz schrecklich.

»Das ist nicht mein Schmusetuch, Papa.«

»Hast du Streichhölzer, Junge?«

»Nein, Papa. Natürlich hab ich keine Streichhölzer.«

»Wo sind die Streichhölzer?«

»Das weiß ich nicht, Papa.«

»Du bist ein unnützer Bengel. Ich wünschte, ich hätte einen anderen Sohn.«

»Ja, Papa.«

Hektor Mysac riss Bella aus dem Kamin, knüllte sie erneut in seiner Pranke zusammen und lief mit ihr in die Küche. Er riss eine Schranktür auf und schleuderte Bella in den Mülleimer. Dann knallte er die Tür wieder zu.

»Au«, flüsterte Bella verzweifelt. Ihr Rücken war voller Asche. Sie lag zwischen alten Eierschalen und verfaulten Tomaten. Es stank ganz schrecklich.

»Und jetzt zurück ins Bett, marsch, marsch!«, brüllte der Fabrikbesitzer Pinneus an. »Vor morgen früh will ich dich nicht mehr sehen. Ich brauche meinen Schlaf, schließlich habe ich wichtige Arbeit zu erledigen. Ist das klar?«

»Ja, Papa.« Bella lag mucksmäuschenstill in der Dunkelheit und hörte, wie Pinneus zu seinem Bett zurückstapfte. Graps Grimmo kam zur Schranktür und schnüffelte daran herum, aber dann verschwand er zusammen mit dem Fabrikbesitzer.

Es wurde ganz still im Haus. Bella weinte lautlos.

Nach langer, langer Zeit hörte sie wieder tapsende Schritte in der Küche, dann wurde die Schranktür geöffnet.

»Bist du da?«, flüsterte Pinneus Mysac.

»Ja«, sagte Bella Buuuh gereizt und hörte auf zu weinen. »Wo sollte ich denn wohl sonst sein?«

Pinneus schob die Hand in die Essensabfälle und hob Bella vorsichtig an einem Zipfel hoch.

»Warum wolltest du nicht an mich glauben?«, fragte Bella vorwurfsvoll.

»Ist das alles, was du in so einem Augenblick sagen kannst?« Pinneus schaute ängstlich über seine Schulter.

»Ja«, sagte Bella verärgert.

»Dann flieg doch nach Hause«, sagte Pinneus, »und lass dich nie wieder hier blicken.«

»Wenn ich dir etwas versprechen kann«, sagte Bella, »dann das.«

Sie riss sich von seiner Hand los und segelte durch die Küche. Sie war zerrissen und verletzt, hatte Asche auf dem Rücken und Tomatenmatsch und Eierreste rieselten von ihrem Körper.

Pinneus roch an seiner Hand.

»Ich mach dir die Tür auf.«

Es war schon nach fünf Uhr morgens, als Bella sich endlich langsam durch das Schlüsselloch in die Kleiderfabrik ziehen konnte. Torres Damast erwartete sie mit übereinandergeschlagenen Zipfeln. Er stand gleich hinter der Tür.

»Ich bin über dein Benehmen vollständig im Bilde«, sagte er, sobald er sie erblickte. »Enox und Fiola haben mich informiert.«

Mia kam aus dem Stofflager gesegelt.

»Du bist ja komplett zerknüllt und verschmutzt«, rief sie vorwurfsvoll. »Und so viele kleine Löcher. Du siehst geradezu aus, als wäre eine Horde Motten über dich hergefallen. Du bist einfach abscheulich!«

Bella konzentrierte sich, um einfach nur eine Sekunde nach der anderen hinter sich zu bringen.

»Begreifst du nicht, was du uns antust?«, donnerte Torres Damast.

»Doch«, flüsterte Bella. »Ich bin zu viel für euch.«

»Wir wollen doch nur dein Bestes«, jammerte Mia Grassa Damast. »Wir versuchen, dich ebenso zu lieben wie Fiola und Enox. Alle versuchen, dich zu lieben, Bella.«

»Aber niemand schafft es«, flüsterte Bella.

Sobald sie wieder auf die Beine käme, würde sie sich auf eigene Faust hochhappen und auf und davon fliegen, dachte Bella. Es musste doch ein besseres Leben geben als das hier. Und irgendwo, überlegte sie dann, müsste doch auch ihre Mutter sein.

Plötzlich tauchte die alte Ulla hinter Torres Damast auf.

»Aber ach, armes Kind«, jammerte sie und nahm Bella in den Arm. »Du kleine Spukblume. Du Nebelkindchen!«

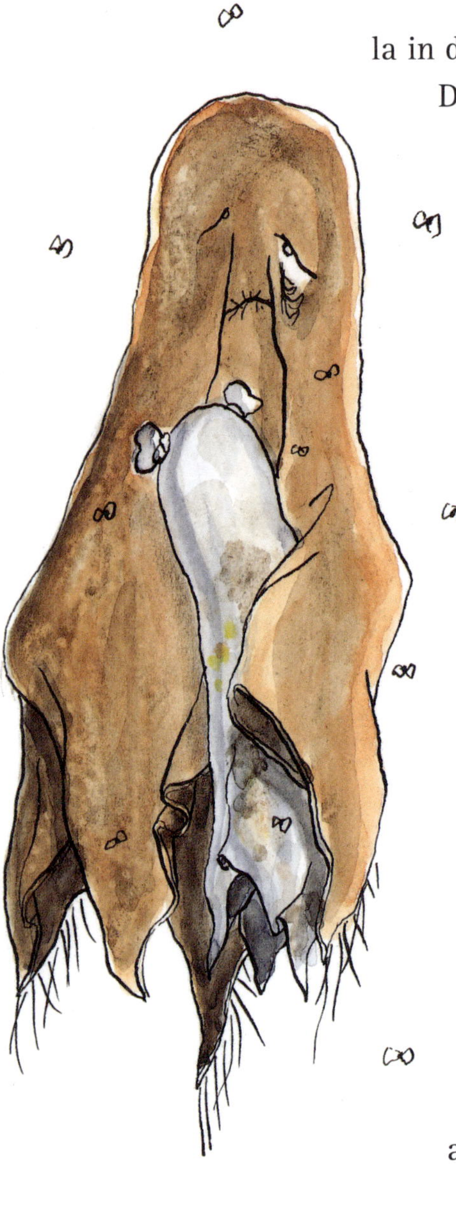

Ulla Ungemach drehte sich zu Torres und Mia um.

»Ihr seht doch, dass sie verletzt ist. Geht ihr wieder schlafen, dann werde ich sie ausspülen, ihre Löcher stopfen und ihr ein bisschen rohes Eiweiß geben, damit sie wieder zu Kräften kommt. Flugs jetzt, ehe der Fabrikbesitzer das Fabriktor aufschließt.«

Torres Damast nickte müde. Mia Grassa Damast seufzte laut und zog sich zurück.

Bella schloss die Augen und ruhte sich an Ullas altem Körper aus.

»Das kommt schon wieder alles in Ordnung«, tröstete die alte Ulla sie. »Heute Nacht magst du zwar zerknüllt und saumlos sein, aber wenn du erst einmal groß bist, kannst du es noch erleben, dass du eine schöne Schleppe wirst.«

»Nein«, rief Bella Buuuh und riss die Augen wieder auf. »Ich habe einen unbezwingbaren Geist, ich werde fünf Lichtjahre leben und habe unendlich viel Zeit, um etwas Schönes zu werden. Schleppe will ich nicht sein! Ich will groß und wichtig werden!«

7. Kapitel

Fiola Flinks Fall

Als Bella Buuuh endlich frisch versorgt, sauber und zusammengefaltet auf Fiola Flink, Winnie, Linette und Schrumpfiella lag, wollte sie nur noch schlafen. Aber Fiola Flink konnte sich nicht beherrschen: »Das geschieht dir nur recht«, flüsterte sie. »Ich habe für dich *drahtlos* in dein weißes Heft geschrieben, gleich unter *Konfektion*. Das Heft liegt in der geheimen Hefteschublade im Büro des Fabrikbesitzers. Aber du solltest deine Hausaufgaben lieber selbst machen. Bilde dir bloß nicht ein, du wärst etwas Besseres als ich, Bella. Immer willst du dich hochhappen und dich aufzischen und am höchsten fliegen und zanken und niemals nachgeben. Jetzt siehst du, was du davon hast. Und nur, damit du's weißt: Wir beide sind Freundinnen, nicht du und Zilly. Das hat Papa auch gesagt!«

»Auf Torres Damast pfeife ich ja wohl«, sagte Bella müde.

»Sssss, spinnst du? Das kannst du doch nicht sagen! Du redest hier von meinem Vater, dem Chef über alle Chefs.«

»Dein Vater hat ein Spatzengehirn«, sagte Bella müde.

»Du bist schrecklich«, schimpfte Fiola.

»Für ein Gespenst ist es nur gut, schrecklich zu sein, Fiola.«

»Was plappert ihr zwei da eigentlich die ganze Zeit? Schweigt jetzt endlich still«, sagte Torres Damast aus dem Nachbarstapel. »Jetzt wird geschlafen.«

»Papa, Bella sagt, dass . . .«

Mehr konnte Fiola nicht sagen, denn Bella merkte, wie sie vor Wut explodierte. Schwupp, schon hatte sie Fiola aus dem Stapel gerissen und über den Regalrand geschubst. Genau im selben Moment schlug Hektor Mysac mit einem Knall das Fabriktor auf. Frau Vampe und Graps Grimmo kamen als Erste herein. Frau Vampe lief sofort ins Stofflager, noch in Hut und Mantel.

Fiola Flink lag zitternd auf dem Boden.

»Die Arbeiterinnen haben offenbar nicht mehr aufgeräumt, Herr Mysac, hier liegt ein Stück Stoff auf dem Boden.« Frau Vampe ging zu Fiola hinüber, bückte sich und hob sie auf.

»Ich glaube übrigens, das hier könnte sich perfekt für die Taschenkollektion eignen, die aus Paris bestellt worden ist.«

»Ja, sehr gut«, sagte Hektor Mysac gähnend. »Ich habe schlecht geschlafen und daran war mein unnützer und törichter Sohn schuld.«

»Ja, er ist ein ganz besonderes Kind.« Frau Vampe stopfte Fiola in ihre Manteltasche und verließ das Stofflager.

Bella lag starr vor Entsetzen im obersten Fach.

»Nein«, kreischte Mia Grassa Damast. »Sieh dir nur an, was sie angerichtet hat. Ich hab es ja gewusst, dass alles ein schreckliches Ende nehmen würde.«

Torres Damast blies sich auf. »Mulda Magisch hätte die Verantwortung für ihr kleines Schreckwesen selbst übernehmen müssen!«

»Aber sie wollte doch gar nicht verschwinden«, flüsterte Bella, die zusammenzuckte, als sie den Namen ihrer Mutter hörte.

Schreck und Graus legten sich beschützend über ihre Drillinge, während Esme Thymian an sich zog.

»Ooooooh nein«, jammerte die alte Ulla leise. »Bitte. So etwas Schreckliches ist nicht mehr passiert, seit Mulda zu einem Mantel umgenäht wurde und mein Onkel väterlicherseits in Streifen geschnitten und im großen Webstuhl verarbeitet worden ist!«

»Oder seit Tante Scheuerwisch von einem Jagdflugzeug angeflogen wurde«, sagten Schreck und Graus wie aus einem Munde.

»Schweigt still!«, kommandierte Torres Damast. »Damit sie uns nicht allesamt finden, nur wegen dieses unnützen Fetzenbalgs!«

Kaum hatte er das gesagt, da kamen die Arbeiterinnen herein und tauschten ihre schweren Straßenschuhe gegen Pantoffel. Das Summen der Nähmaschinen setzte ein. Die Menschen dachten, es wäre ein ganz normaler Tag.

Torres Damast schaute durch den Spalt in der Wand. Der Fabrikbesitzer saß in seinem Büro und telefonierte.

»Taschen für Paris, ja«, sagte Hektor Mysac. »Die werden in Bälde geliefert. Ich rechne sogar damit, dass die ersten fertigen Produkte bereits heute Nachmittag ausgeliefert werden können.«

»Produkte! Hast du das gehört, Bella? Wenn Fiola etwas passiert, dann kannst du mir leidtun!«

»Ja, dann kannst du uns leidtun!« Mia Mysterium drückte Enox Ekel fest an sich.

Bella zitterte und versuchte, ihre Gedanken auf ein anderes Thema zu lenken. Sie musste sich auf etwas anderes konzentrieren, wollte sich lieber an die Flugstunde während der ersten Nacht in der Nachtschule erinnern. Sie wollte versuchen, sich in diesem Gefühl zu verlieren, statt an Fiola und all die schlimmen Dinge zu denken, die Mia und Torres zu ihr gesagt hatten. *Als der Wind sie erfasst hatte und sie wie ein weißer Stern über den Nachthimmel gehuscht war* – dieses Gefühl wollte sie wiederhaben. Dort wollte sie jetzt sein. Aber das ging nicht. Sie war hier und Fiola Flink konnte jeden Moment in den scharfen Schlund der Nähmaschine gezogen werden.

»Arme Bella«, flüsterte Schrumpfiella plötzlich und zog sich unter Schreck und Graus hervor. Sie schien eben erst aufgewacht zu sein.

»Danke, Schrumpfiella«, sagte Bella. »Fokus und fester Kurs, darauf kommt es an. Ich werde Fiola retten.«

Bella Buuuh sprang über den Regalrand und landete auf einem Stuhl, der vor der Wand stand.

Torres Damast rief mit seiner wütenden Stimme hinter ihr her: »Ja, mach nur, dass du wegkommst!«

»Und ohne Fiola brauchst du dich hier gar nicht wieder blicken zu lassen!«, kreischte Mia.

Plötzlich stand Frau Vampe wieder im Raum.

»Wer redet denn hier in den Regalen im Stofflager?«, fauchte sie. »Wer ist das? Ich bin mir sicher, dass ich von hier ein quirliges Quengeln gehört habe. Ganz sicher!«

Frau Vampe ging zur Regalwand und riss einen Stoffstapel aus einem der mittleren Fächer. Sie bemerkte Bella nicht, die noch immer auf dem Stuhl lag. Sie warf den Stoffstapel wütend auf den Boden und zog noch andere Rollen heraus, untersuchte sie sorgfältig und stopfte sie wieder ins Fach zurück. Es war gefährlich, bei helllichtem Tag ein Gespenst zu sein.

Bella Buuuh nutzte die Gelegenheit, um über Frau Vampes gebeugten Rücken und dann aus dem Stofflager zu fliegen. Sie schwebte an Garderobe und Waschraum vorbei und dann in die große Fabrikhalle. Die Arbeiterinnen beugten sich über ihre Nähmaschinen. Das Summen schien immer lauter zu werden. Bella hielt verzweifelt Ausschau nach Fiola. Aber sie konnte sie einfach nirgendwo entdecken. Bella machte kehrt und flog zurück durch den Gang auf das Fabriktor zu. Frau Vampe riss noch immer im Stofflager Stoffballen aus den Regalen.

Bella zog sich eilends durch das Schlüsselloch und hinaus auf den Hinterhof der Fabrik. Graps Grimmo, der ans Treppengeländer gekettet war, erhob sich sofort auf die Hinterbeine und fletschte die Zähne. Bella wich seitwärts aus und konnte einen Bogen um den Hund machen. Sie jagte weiter an der Fabrikmauer entlang,

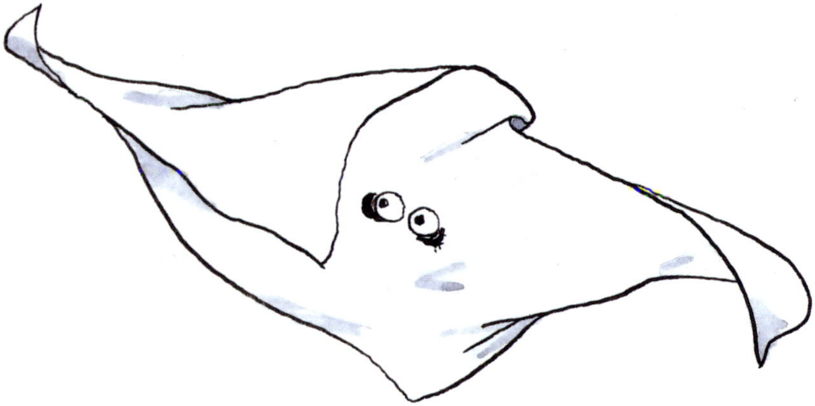

bog um die Ecke und landete auf einer der großen Fensterbänke. Sie starrte durch das Fenster in die Halle und entdeckte zu ihrem Entsetzen Fiola, die soeben im Schlund einer Nähmaschine verschwand. Es war zu spät!

»Oh du großer Wäschekorb!«, schrie Bella. »Was für eine Katastrophe!« Fiola Flink bekam eine blau geblümte Borte aufgenäht und wurde mit einem hellblauen Bambusgriff versehen. Als Bella das gesehen hatte, fiel sie auf dem Boden unterhalb des Fensters in sich zusammen. Sie war verloren. Fiola war verloren. Alles war verloren!

Aber als sie sich die Sache überlegt hatte, tauchte vor ihr das Bild von Sofia Schrecklassnach auf. Bella jagte durch das Fabriktor, über die Straße und über ein Feld. Schließlich hatte sie endlich die Stadt erreicht. Überall wimmelte es nur so von Menschen – in den Autos, auf den Straßen und auf den offenen Plätzen.

Zum Glück wehte ein leichter Wind. Bella rollte sich zusammen und spielte ein Stück Stoff, das wider Willen vom Wind herumgewirbelt wurde. Sie flog durch die Hauptstraße, zwischen den Menschen hindurch, auf die Straße hinaus, vor die Autos und weiter, mit dem Kopf nach unten, vorbei an den Läden, ohne dass irgendwer auf sie geachtet hätte. Aber bei der Reinigung wäre fast alles schiefgegangen, als ein ungestümes kleines Kind in einem blauen Mantel versuchte, sie einzufangen. Bella konnte in letzter

Sekunde entkommen und fegte weiter über den Bürgersteig.

Bei der Drehtür des *Grand Hotel* hielt sie für einen kurzen Moment inne, ehe sie sich hineinsaugen ließ, gleich hinter einem dünnen Mann

in einem riesigen Mantel. Sie gelangte ungesehen an der Rezeption vorbei, durch einen langen Gang, vorbei an einem Zimmermädchen und die Kellertreppe hinunter. Niemand hatte sie entdeckt.

8. Kapitel

Sofia Schrecklassnachs Schülerin

Sofia Schrecklassnach wartete bereits in der düstersten Ecke des Bettwäschelagers im Keller auf Bella. Regale aus Stahl und Holz bedeckten die Wände in dem halbdunklen Raum.

Bella flog sofort auf sie zu.

Sofia Schrecklassnach machte durchaus keinen gnädigen Eindruck.

»Sie wissen es also schon?«

Bella sah ihre Lehrerin an, die auf einem glänzenden Rollwagen saß.

»Natürlich weiß ich es. Ich warte schon auf dich. Setzen!«

Bella setzte sich auf einen alten Drehschemel und

starrte Sofia Schrecklassnach und die weißen zitternden Zipfel auf deren Schoß an.

Bella war bleicher als bleich. »Sie müssen mir helfen!«

Sofia Schrecklassnach hob ab und drehte zwei Runden durch den Raum, dann setzte sie sich wieder. Bella konnte den leisen Atem der anderen schlafenden Gespenster im Keller hören.

»Da du trotz allem meine Schülerin bist, bleibt mir ja leider keine Wahl. Warum hat Pinneus Mysac gestern nicht an dich geglaubt?«

»Ich weiß nicht, ich fand mich wirklich unheimlich, gruselig und buuuhig.«

Sofia Schrecklassnach blickte sie verächtlich an.

»Du bist zwar ein schreckliches kleines Gespenst, aber manchmal ist das nicht genug. Man muss außerdem einen *unbezwingbaren Geist* besitzen. Der Anblick eines Gespenstes muss sich in der Seele desjenigen Menschen richtig festätzen!«

»Aber . . .«

»Kein Aber. Du musst lernen, dich auf die wichtigen Dinge zu konzentrieren, Bella. Du musst lernen, wie man jemanden richtig erschreckt, wie man spukt und seine Stimme einsetzt. UHHHH! BUUUH! HUUUUUU-USCH! Musst schauderliche Geräusche hervorbringen. An den Leuten vorbeistreichen, ganz dicht, nachts, wenn sie schlafen. Dich aufhappen. Uggig sein!«

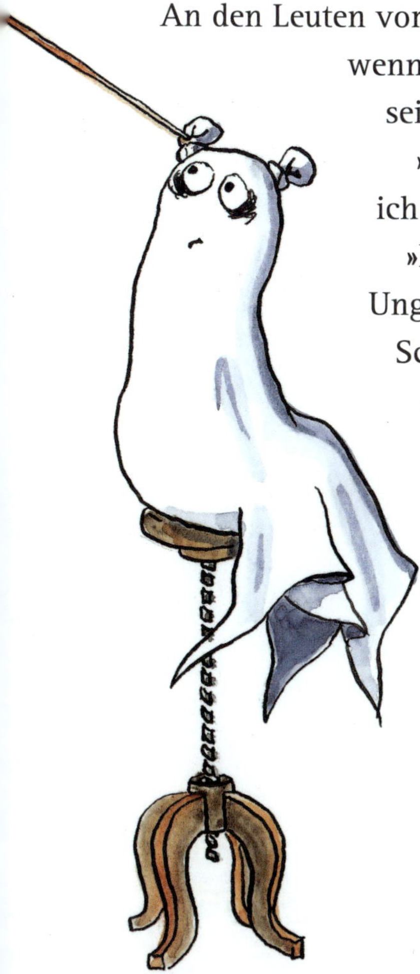

»Sicher, sicher«, sagte Bella. »Aber ich wollte über Fiola Flink reden.«

»Du musst deinen Zorn und deine Ungeduld zügeln«, sagte daraufhin Sofia Schrecklassnach. »Wenn du das nicht schaffst, könnte dich das zu Fall bringen.«

»Ich war es ja nicht, die gefallen ist, sondern Fiola.«

»Ich habe gesagt, dass du lernen musst, deine Gefühle unter Kontrolle zu bekommen. Und das musst du unbedingt, denn du *hörst* auf niemanden und gibst freche Antworten.«

»Aber ich bin gar nicht frech!«

»Du bist weder sanft noch bescheiden.«

»Und wie sanft ich bin. Mia taucht mich doch immer wieder in Weichspüler.« Bella wandte sich ab und gähnte. Sie hatte schließlich seit vierundzwanzig Stunden nicht mehr geschlafen.

»He, zuhören!«

Bella fuhr zusammen, blies sich auf und erhob ihre Stimme: »Aber Fiola Flink ist unterwegs nach Paris, als Tasche!«

»Reiß dich zusammen. Es ist schließlich Tag. Die anderen hier schlafen!«

»Ich werde Fiola finden, Frau Lehrerin.«

»Wirst du es versuchen oder wirst du es schaffen? Das sind nämlich zwei sehr verschiedene Dinge. Ich wiederhole, zwei sehr verschiedene Dinge!«

»Ich habe beschlossen, es zu schaffen.«

Nachdem sie das gesagt hatte, wusste Bella, dass das die Wahrheit war, dass sie es tun musste. Sie musste die petzsüchtige, verwöhnte Fiola Flink finden. Torres und Mia zuliebe. Schließlich liebten sie Fiola Flink über alles.

Plötzlich fühlte Bella Buuuh sich erleichtert. In ihr wuchs eine Art magische Stärke heran. Sie musste ihre Sinne schärfen. Es gab etwas, das heller war als Licht, tiefer als nächtliche Dunkelheit.

»Unbezwingbarer Geist, Sternenstärke und Wunderglaube«, sagte sie.

»Gut«, sagte Sofia Schrecklassnach. »Ich verstehe, was du denkst. Wenn du Fiola wiederfindest, ist alles, was passiert ist, am Ende vielleicht doch nicht so schlecht gewesen.«

Bella sah sie an. »Fokus und fester Kurs«, sagte sie.

»Dann werde ich dir jetzt deinen ersten Auftrag erteilen.«

»Okay.«

»Das ist jetzt wirklich früh, Bella, viel zu früh. Aber so ist das Leben.« Sofia Schrecklassnach seufzte tief, dann fügte sie hinzu: »Vielleicht ist es zu früh, um dich auszusenden. Aber du hast eine ganz andere Ausstrahlung als der Rest der Klasse. Es ist nicht wichtig, ob jemand jetzt lebt oder bereits gelebt hat. Aber du kennst die *Erste Wahrheit* noch nicht. Ich vermute, du bist deinem Alter weit voraus. Und nicht zuletzt bist du ja auch schon schulreif.«

»Ich war aber erst zwei Nächte in der Schule.«

»Du darfst mich nie wieder Schreckschraube nennen.«

»Dann eben nicht, Bettbezug.«

»Bella Buuuh!«

»Verzeihung, im Namen aller Geschirrhandtücher.«

Sofia Schrecklassnach wandte sich ab.

»Wo soll ich hin?«

»Ich gebe dir einen Hinweis.« Sofia Schrecklassnach drehte sich wieder zu ihr um. »Und zwar eine Adresse in Paris. Rue Rivoli 99. Da musst du hin. Auf Französisch heißt das nöff nöff. Dort suchst du nach dem Eingang, an dem am wenigsten Betrieb ist.«

Bella prägte sich die Adresse ein. »Der Eingang wozu, Frau Lehrerin?«

Sofia Schrecklassnach beantwortete ihre Frage nicht, sondern sagte: »Du wirst vielleicht die *Erste Wahrheit* finden. Du wirst lernen müssen, zwischen dem Schönen und dem Gefährlichen zu unterscheiden. Wenn du mit deiner eigenen Gespensterkraft bis nach Paris fliegen willst, musst du die Zeit gut berechnen und dich etwas über Baumhöhe halten, du darfst nicht zu hoch fliegen. Aber es gibt auch andere Möglichkeiten.«

Eigene Gespensterkraft bedeutete, unter den Sternen zu fliegen, das wusste Bella. Sie begriff auch, was *an-*

dere Möglichkeiten bedeutete, und im selben Moment wusste sie zudem, wie sie es machen würde. Sie würde zu Pinneus Mysac zurückkehren und ihn fragen, ob er sie begleiten wollte.

»Und dann merk dir den Namen Victor«, sagte Sofia Schrecklassnach. »Er kann in diesem Fall dein Schicksal sein. Er haust in einem Turmzimmer mit der Aufschrift *Hier ist es nicht* an der Tür.«

»Victor«, wiederholte Bella. »nöff nöff, Rue Rivoli. Hier ist es nicht.«

»Aber jetzt komme ich zum Wichtigsten. Und das sage ich in GROSSBUCHSTABEN: Hüte dich vor VERÄNDERUNGEN in den Räumen, die du durchquerst.«

»Was meinst du mit Veränderungen in den Räumen? Das hört sich uggig an.«

»Es kann auch uggig werden, Bella, aber das ist unumgänglich, wenn du weiterkommen willst. Hüte dich vor den bösen Gobelingespenstern. Leider gibt es davon viele. Du musst dich den Erinnerungen, die auftauchen, *stellen* und sie *erkennen*. Wenn du *etwas* erkennst, das existiert hat, dann musst du sicher sein können, dass du es aufbewahren kannst. Und du musst lernen, zwischen Gefährlichem und Schönem zu unterscheiden.«

»Wer sind die Gobelingespenster?«

Sofia Schrecklassnach sah für einen Moment besorgt aus. »Wenn du Victor nicht findest, dann nimm Kontakt zu einem gewissen Leonardo auf. Er liegt vor einem berühmten Bild auf dem Boden. Aber stör ihn nicht unnötig. Er ist ziemlich mottenzerfressen und müde.«

»Na gut, und wer sind die Gobelingespenster?«, fragte Bella noch einmal.

Sofia Schrecklassnach starrte für einen Moment zu Boden, dann sagte sie: »Sie sind böse und furchtlos, Bella.« Ihre Stimme klang jetzt sehr ernst.

»Na gut«, sagte Bella.

Nun sah Sofia Schrecklassnach für einen Moment traurig aus.

»Jetzt machst du hier ein kleines Nickerchen«, sagte sie. »In einer Kommodenschublade dort an der Wand und ich wecke dich, wenn es Nacht wird.«

Bella Buuuh und Sofia Schrecklassnach verließen kurz vor Mitternacht das Hotel durch das Schlüsselloch der Kellertür. Sofia Schrecklassnach musste in der Nachtschule unterrichten, während Bella zu ihrem allerersten Einsatz in die Welt zog.

Es nieselte. Regen war nicht gut für Gespenster, ihre Körper zogen Wasser und konnten schnell zu schwer zum Fliegen werden.

»Denk daran, nass werden ist nicht so gefährlich, wenn man danach nur wieder trocken wird«, sagte die Lehrerin.

»Falls man nicht so schwer wird, dass man nicht mehr fliegen kann«, meinte Bella.

»So nass wird man selten«, sagte Sofia Schrecklassnach.

»Wer den Regenbogen sehen will, muss den Regen ertragen«, sagte Bella.

»Genau«, stimmte Sofia Schrecklassnach ihr zu.

Sie trennten sich vor der Ampel bei der Tankstelle. Bella flog in die eine, ihre Lehrerin in die andere Richtung. Irgendwann werde ich das Wunder erleben, dachte sie. Schließlich war sie ja Sofia Schrecklassnachs Schülerin.

9. Kapitel

Hektor Mysacs Sohn zeigt Stärke

Über den Dächern war der Himmel schwarz und voller Nachtwolken. Es regnete immer heftiger. Bella stieg hoch auf, sammelte Luft unter ihrem weißen zeltartigen Körper und wogte an der Wand des großen Bürohauses aufwärts. Sie huschte am Dachfirst entlang und flog dann auf der anderen Seite weiter. Bald darauf kreiste sie über den Bäumen der Straße, in der Pinneus Mysac wohnte. Sie ließ sich langsam sinken und landete auf einem Autodach. Vier Stunden lang versteckte sie sich hinter dem großen Torpfosten und beobachtete das Haus. Der Garten war leer, denn es war Nacht. Sie musste Kräfte sammeln und sie hatte Angst, Graps Grimmo könnte noch einmal über sie herfallen.

Die großen Bäume rauschten. Die Zweige wogten auf und ab und sahen aus wie Arme, die sie fangen wollten. Bella spürte die neue Angst, die sich in ihr festgebissen hatte. Unbehagen, dachte Bella. Das große, große Unbehagen. Das sich seit Fiola Flinks Sturz bei ihr eingeschlichen hatte.

Bella räusperte sich. »Fokus und fester Kurs, Sternenstärke und Wunderglaube. Happ, happ.«

Sie strich mit hundertfünf Stundenkilometern über den grünschwarzen Rasen und die niedrigen Gartenmauern und konnte gerade noch abbremsen, ehe sie mit dem Kopf gegen die Wand knallte.

Das Fenster stand auf Kipp. Offenbar hatte Pinneus Mysac sich von ihrem vorigen Besuch nicht einschüchtern lassen. Bella faltete sich zusammen, schob sich ins Zimmer und setzte sich auf die Bettkante. Der Wecker auf Pinneus Mysacs Nachttisch zeigte 04:07 Uhr.

Bella sah Pinneus Mysac an. *Mein Mensch,* dachte sie. Seine Decke war ein Hügel, der sich mit seinem Atem hob und senkte. Er sah aus wie der Rücken eines Tieres. Bella beugte sich über Pinneus und strich ihm behutsam über die Wange. Er schlief tief. Sein Atem kam ihr entgegen wie kleine heftige Windstöße.

Dann sagte sie plötzlich: »Aufwachen, Pinneus! Aufwachen!« Pinneus Mysac bewegte sich unruhig, dann setzte er sich überrascht auf und rieb sich die Augen. Er knipste die Nachttischlampe an.

»Du hast ja total struwwelige Haare«, sagte Bella.

»Du schon wieder«, sagte er verärgert. »Ich hab doch gesagt, du sollst mich in Ruhe lassen.«

Aber Bella sah, dass er ein klein wenig lächelte. Er freute sich, sie zu sehen.

»Ich brauche Hilfe. Ich muss so schnell wie möglich nach Paris. Und du musst mir helfen.«

»Nach Paris? Ich kenn dich doch gar nicht.«

Bella sah ihren Widerschein in seinen Augen. »Du musst mit mir zum Flughafen kommen.«

»Warum denn das? Ich glaube ja nicht mal an dich!«

»Doch, das tust du. Du glaubst an mich.«

»Tu ich überhaupt nicht.«

»Tust du wohl, Mensch. Fast niemand weiß, wer ich bin.«

»Ich auch nicht.«

»Doch und ich weiß, wer du bist. Ich hab nur dich.«

»Du hast nur mich?«

»Ja, Pinneus. So ist das.« Pinneus lächelte vorsichtig.

»Ich brauche ein wenig menschliches Mitgefühl«,

sagte Bella jetzt. »Dein Vater hat mich als Putzlumpen bezeichnet.«

Pinneus horchte zur Tür hin. »Nicht so laut reden.«

Bella spürte, wie sie in allen Fasern ihres Körpers erstarrte. Der Hund lief vor der Tür hin und her.

»Ich muss Fiola Flink holen«, flüsterte sie. »Wenn sie verkauft wird, ist es zu spät. Du bist immerhin ein intelligentes Wesen.«

»Wirklich?« Pinneus wurde rot.

Bella sah ihn an und begriff sofort, dass Pinneus nicht allzu oft gelobt wurde. »Das ist ein universales Prinzip. Die Intelligenz, die durch andere strömt, kann auch durch dich strömen.«

»Wie ist das zu verstehen?«

»Woher soll ich das denn wissen?« Bella zupfte ungeduldig an seinem Arm. »Jetzt steh schon auf und zieh dich an, dann geht's los.«

Pinneus schlug langsam die Decke beiseite und stand auf. »Aber warum? Und wer ist Fiola Flink?«

»Fiola Flink ist eine Tasche und sie ist verschwunden«, flüsterte Bella. »Ich muss Fiola wiederfinden, weil sie nicht mehr sie selbst ist. Das war ein blöder, blöder Unfall. Verstehst du?«

»Nein«, sagte Pinneus.

»Ich kann dir jetzt hier nicht alle Einzelheiten erklären. Du musst mir einfach vertrauen. Wenn du die Kreditkarte deines Vaters mopst und für uns ein Flugticket kaufst, kann ich mich über deine Schulter hängen.«

»Als ob du ein Halstuch wärst?«

»Ein Halstuch ist bei einem Jungen in deinem Alter vielleicht etwas unüblich, aber wie wär's mit einem Schmusetuch?«

»Schmusetuch«, wiederholte Pinneus beleidigt. »Ich bin doch kein Nuckelbaby. Ich bin viel zu groß für ein Schmusetuch!«

»Ich könnte ein Schal sein.«

»Schal ist nicht ganz so kindisch.«

»Also gut, dann zieh dich jetzt an, du Trödelheini.«

Zehn Minuten später verließ Pinneus Mysac das Haus im Kastanienweg 12 mit einem langen weißen Schal um den Hals und mit Hektor Mysacs Kreditkarte in der Tasche.

Er ging weiter durch die Buchenallee und bog an ihrem Ende in die Hauptstraße ab. So früh am Morgen waren noch kaum Leute unterwegs. Eine halbe Stunde später bestieg Pinneus Mysac den Zug zum Flughafen, fand einen freien Sitz und setzte sich.

Bella sah sich die anderen Fahrgäste an. Keiner sagte etwas. Sie war nicht oft in der Nähe von so vielen Menschen. Ihr wurde ein wenig schwindlig, weil sie verknotet und mit dem Kopf nach unten dahing, aber schließlich konnte sie sich doch entspannen.

Als der Zug plötzlich in einem Tunnel vor einer roten Lampe hielt, musste Bella niesen. Der Mann auf dem Platz gegenüber fuhr dermaßen zusammen, dass er in die Luft hüpfte und seine Zeitung auf den Boden fallen ließ. Pinneus saß ganz lässig da und schaute aus dem

Fenster. Der Mann starrte Bella neugierig an. Am Ende fragte Pinneus: »Ist irgendwas?«

Da schlug der Mann endlich die Augen nieder.

Als sie gegen halb sechs Uhr morgens am Flughafen eintrafen, wimmelte es vor den Eincheck-Schaltern schon von Menschen. Große Taschen und Koffer wurden aufgegeben. Die Leute wollten in die USA, nach Deutschland und in den Fernen Osten reisen.

Pinneus Mysac ging mit Bella um den Hals durch das Menschenmeer. Er ging zum Ticketschalter und zog eine Wartenummer. Eine schrille Stimme kündigte über Lautsprecher die Flüge an. Als Pinneus endlich an die Reihe kam, ging er zu dem hohen Tresen, über dessen Rand er gerade so lugen konnte, und sagte: »Ich soll ein Ticket abholen, das mein Vater für mich bestellt hat, nach Paris.«

»Aha«, sagte die Frau in der blauen Uniform. »Fliegst du allein?«

»Ja, ich will zu . . . einer entfernten Tante«, log Pinneus.

»Und wie war noch der Name?«

»Der Tante?«

»Nein, deiner natürlich.«

»Pinneus Mysac, Sohn von Hektor Mysac. Hier ist die Kreditkarte meines Vaters. Er hat gesagt, ich soll sie Ihnen geben.«

Die Frau nahm die Karte und fing an, über ihren Computer ein Ticket auszustellen.

»Ich werde jetzt gleich das Ticket für dich ausdrucken. Aber sag mal, ich kann dich hier nicht finden.« Die Flughafenangestellte starrte mit zusammengekniffenen Augen auf ihren Bildschirm.

»Jetzt mach schon!« Bella konnte sich nicht beherrschen. Pinneus zupfte ein wenig an ihr.

»Auf deinen Namen wurde kein Ticket bestellt.«

Pinneus lief tiefrot an.

»Doch, hin und zurück. Wollten Sie das nicht gerade eben ausdrucken?«

»Schon, aber ich darf einem Kind von elf Jahren nicht einfach ein Ticket aushändigen, wenn ich mir nicht sicher sein kann, dass sein Vater es wirklich bestellt hat.«

Als die Frau in der blauen Uniform das gesagt hatte, entknotete der weiße Schal sich, richtete sich wie eine Schlange vor ihrem Gesicht auf und zischte: »Gib dem Jungen sofort das Ticket oder du landest in stürmischen Höhen draußen im uggigen Universum!«

Die Frau kippte mit offenem Mund auf ihrem Sessel nach hinten, ihre Augen verdrehten sich, sie fiel in Ohnmacht und glitt seitlich zu Boden. Dort blieb sie mit ausgestreckten Armen liegen.

»Sie ist nur scheintot. Beeil dich«, sagte Bella und schaute sich um. Bisher hatte niemand etwas bemerkt.

»Druck das Ticket selbst zu Ende aus.«

Pinneus stellte sich auf die Zehenspitzen, beugte sich über den Tresen und drückte auf einen Knopf.

Sofort fing ein Drucker an zu brummen und schwupp, glitt ein Ticket heraus. Pinneus hob es rasch auf, steckte die Kreditkarte wieder in die Tasche, band sich den Schal fester um den Hals, drehte sich um und rannte auf die Sicherheitsschleuse zu.

Problemlos kam er durch die Kontrollen. Bella hing mäuschenstill um seinen Hals.

Aber dann kam eine neue Schwierigkeit auf die beiden zu, denn Pinneus hatte keinen Pass, und einen Pass muss man haben, wenn man ins Ausland reisen will.

»Was machen wir jetzt?« Pinneus schaute auf die lange Schlange von Menschen, die alle ins Ausland fliegen wollten.

Bella musterte ebenfalls die Schlange. »Kannst du dir

nicht einen Pass leihen?«, fragte sie dann. »Wir suchen uns einen Jungen, der dir ähnlich sieht.«

»Was heißt hier leihen? Mir leiht doch keiner seinen Pass, den braucht doch jeder für sich selbst.«

»Ja, aber wir brauchen ihn dringender«, sagte Bella und starrte eine indische Familie an, die aus Großmutter, Großvater, Mutter, Vater, einem Mädchen und zwei Jungen bestand.

»Sieh mal da, Pinneus, die beiden Jungs haben einen Turban auf dem Kopf und der eine Junge ist so groß wie du.«

»So what?«

»Überleg doch mal.«

Pinneus runzelte die Stirn. »Ich verstehe nicht, was du meinst.«

»Tu einfach, was ich sage. Geh zu ihnen und stell dich neben sie. Mach schon!«, befahl Bella.

Pinneus seufzte laut und ging langsam zu der indischen Familie hinüber. Das kleine Mädchen hüpfte auf und ab. Die Jungen spielten Luftgitarre und boxten zum Spaß. Alle lachten und redeten wild durcheinander.

»Und jetzt«, sagte Bella, »reiß dem größeren Jungen den Pass aus der Hand.«

»Jetzt?«

»Ja, jetzt, du Trödelheini.«

Bella entknotete sich selbst und hing nun ganz locker um Pinneus' Schultern. »Na los!«

Pinneus schluckte. Das kleine Mädchen rannte zwischen seinen Brüdern hin und her. Als der ältere wütend auf sie einschlug, beugte Pinneus sich vor und riss ihm den Pass aus der Hand. Sofort brach das Chaos los. Alle, Erwachsene und Kinder, beschimpften sich gegenseitig.

»Gut, Pinneus«, flüsterte Bella. »Und jetzt bring dich in Sicherheit!«

Pinneus lief in der Schlange nach vorn. Schwupp, schon hatte Bella sich aufgerichtet und wickelte sich wie ein Turban um seinen Kopf. Sie blieb ein wenig zu weit unten liegen, sodass sie fast seine Augen verdeckte.

»Was machst du denn da?« Pinneus schob sie nach oben.

»Nicht schieben, du Eselsohr! Was glaubst du wohl? Und schrei nicht so. Geh jetzt zur Passkontrolle und zeig dem Mann den Pass.«

10. Kapitel

Ein gieriger Turban auf Reisen

Als die Nachricht über den verschwundenen Jungen Pinneus Mysac in den Lokalnachrichten im Radio kam, saß Pinneus sicher und geborgen auf Platz 14 in der großen Boeing auf dem Weg nach Paris. Ihm wurde ein köstliches Frühstück serviert, er bekam Ohrstöpsel für den Bildschirm, der am Sitz vor ihm befestigt war, und die Stewardess schenkte ihm ein Puzzlespiel und eine Schachtel mit Schokoladentäfelchen und weißen Schaummäusen.

Bella lag noch immer zusammengerollt um seinen Kopf. »Hallo«, sagte sie. »Gib mir eine Schaummaus.«

»Okay, Schnabel auf.« Pinneus hielt die Schaummaus in die Luft und Bella schnappte danach.

»Noch eine«, sagte sie.

Auf dem Nachbarsitz saß eine alte Dame. Sie kniff die Augen zusammen und schob ihre Brille höher auf die Nase.

»Sag mal, fütterst du deinen Turban, junger Mann?«

»Verzeihung«, fragte Pinneus. »Was haben Sie da gesagt?«

»Nein, vergiss es. Ich werde eine von meinen grünen Pillen nehmen.« Die Frau fummelte mit ihrer dünnen Hand in ihrer grauen Seidentasche herum.

Bella starrte die Hände der alten Dame an. Die waren dünn und gebrechlich und überzogen von lila Adern. Die Arme, dachte Bella. Sie ist so alt, dass sie bald sterben wird. Im selben Moment fiel ihr ein, dass Fiola zu einer Handtasche geworden war. Alle diese traurigen Dinge schwappten über ihr zusammen wie eine große Welle.

Die alte Dame griff nach einem dicken Buch und schlug es auf. Bella schnupperte in der Luft herum. Sie hatte einen außerordentlich scharfen Geruchssinn entwickelt. Der Geruch nach Druckerschwärze, der aus dem Buch strömte, faszinierte sie. Mehrere Buchstaben zusammen bildeten ein *Wort*. Und viele Wörter zusammen bildeten eine *Seite*. In Büchern konnte man über *Große Dinge* lesen.

Bella hob den Blick und starrte aus dem runden Flugzeugfenster. Sie sah eine große, große hellblaue Fläche.

Der Himmel, dachte sie, ist ein unendlicher, unendlicher Ort, der niemals aufhört. Das war ein seltsamer Gedanke. Irgendwann würde sie weiter fliegen und immer weiter, höher noch als Drachen und Ballons. Sie würde wie ein Kreisel in der Luft umherwirbeln. Aber zuerst musste sie Fiola finden. Und ihre Mutter. Es wäre ein Glückstreffer, die beiden gleichzeitig zu finden, aber das war sehr unwahrscheinlich. Vielmehr war das *etwas,* wofür sie sich bewusst entscheiden musste. Immer wieder, ihr ganzes Leben lang, würde sie nach ihnen suchen. Sie hatte Lichtjahre Zeit, aber sie hatte keine Lust, so lange zu warten.

Sie wurde aus ihren Gedanken gerissen, als die alte Dame aufstand, um zur Toilette zu gehen. Bella beugte sich vor und schaute auf Pinneus' Nase. Er starrte gebannt auf seinen Bildschirm, auf dem ein Zeichentrickfilm lief.

Bella sagte: »Gib mir noch eine Schaummaus. Was glaubst du, was deine Freunde sagen werden?«

»Ich habe keine Freunde. Die anderen finden, dass ich ein Versager bin.«

Bella kaute. Plötzlich ging ihr auf, dass Pinneus wirklich der war, nach dem sie gesucht hatte. Auch er hatte niemanden.

»Ich finde dich mutig, Pinneus. Das hier ist neu für dich. *Unsichtbar* zu sein. Ich lebe jeden Tag als *Unsichtbare.«*

Pinneus zog sich Bella ein wenig tiefer in die Stirn.

»Nein«, sagte er. »Eigentlich ist das nichts Neues für mich. Ich bin jedenfalls froh darüber, dass ich heute nicht in die Schule muss. Ich hasse es, wenn die Leute, die vor mir sitzen, sich langsam zu mir umdrehen und dann durch mich hindurchstarren. Das ist so, als würde ich mich in Luft auflösen, als würde ich verschwinden.«

Und das tust du ja auch. Du verschwindest nach Paris, mit einer, die eigentlich fast immer *verschwunden* ist. Bella lachte laut und schaute sich um. Alle Fluggäste waren mit ihren eigenen Angelegenheiten beschäftigt.

»Wir müssen die Zeit, die uns gegeben ist, auf ganz bestimmte Weise nutzen, Pinneus. Wenn wir das tun und die Wahrheiten finden, werden wir stark. Wir müssen viele Verstecke finden. Wir müssen Dinge entdecken.«

»Du sagst sehr viele seltsame Dinge.«

»Ich weiß nicht, woher all diese tollen Sätze kommen.« Bella lächelte zufrieden. »Aber ich finde sie keineswegs merkwürdig.«

»Ich glaube, ich habe dich sofort erkannt, Bella. Du warst auch da, als ich klein war. Weißt du das noch?«

Bella verstand nicht, was er meinte, deshalb gab sie keine Antwort, sondern fragte: »Weißt du übrigens, dass ich nachts an deinem Tisch in der Schule sitze?«

»Nein. Was machst du da?«

»Ich werde ausgebildet«, sagte Bella feierlich. »Aber ich war erst zwei Nächte in der Nachtschule, bevor alles uggig wurde.«

»Wir lernen in der Schule nur sinnlosen Kram. Mathematik und x und y und so.«

»Das liegt daran, dass du auf die Tagschule gehst. Ich gehe auf die Nachtschule, das ist etwas ganz anderes. Da lernen wir, *hinter* die Dinge zu sehen, *unter* Buchstaben und Zahlen. Wir lernen etwas über Wahrheiten und Sternenwege und das Universum und uggige Dinge.«

Die alte Dame kam zurück und Bella machte den Mund zu. Gleich darauf setzte das Flugzeug zur Landung in Paris an.

Auf dem großen Flugplatz herrschte das Chaos. Endlich konnte Bella von Pinneus' Kopf kriechen und sich wieder um seinen Hals hängen.

»Wir nehmen ein Taxi. Ich hab ja die Kreditkarte meines Vaters«, sagte Pinneus.

Bella nickte. »Wir müssen in die Rue Rivoli neunundneunzig. Auf Französisch heißt neunundneunzig *nöff nöff*. Das musst du sagen, Pinneus.«

»Okay.« Pinneus bahnte sich einen Weg zwischen den vielen Menschen, die wild durcheinanderredeten und gestikulierten.

»In Paris gibt es sehr gutes Essen, glaube ich«, sagte er. »Ich liebe sehr gutes Essen.«

»Ja«, sagte Bella und sah die vielen Menschen an, die in einem Affenzahn hin- und hereilten.

Der Taxifahrer warf ihnen im Rückspiegel einen seltsamen Blick zu. Bella versuchte, diesem forschenden Blick auszuweichen.

»Rue Rivoli nöff nöff«, sagte Pinneus.

»Oui, oui. Louvre«, sagte der Taxifahrer und warf seine Hände in die Luft, ehe er sie um das Lenkrad legte und das Gaspedal durchtrat.

»Louvre klingt irgendwie bekannt«, flüsterte Pinneus Bella zu.

»Ja, im Grunde schon ... beim großen Wäschekorb, der hat vielleicht einen Fahrstil!«

»So ist das eben in Paris«, sagte Pinneus.

Der Wagen sauste zuerst über eine breite Schnellstraße, dann wurden die Straßen enger und enger. Und die Häuser wurden höher und höher. Überall wimmelte es nur so von Menschen.

»Jetzt biegen wir auf die Champs-Élysées ab«, sagte Pinneus. »Sieh mal, das ist der Triumphbogen, und dort, das ist der Eiffelturm. Meine Fresse, der ist ja vielleicht riesig!«

Der Taxifahrer starrte Pinneus im Rückspiegel an. »Mit wem redest du, junger Mann?«, fragte er in gebrochenem Englisch.

»Non, nöff nöff«, sagte Pinneus. *»Non«* bedeutete »nein« und mehr Französisch konnte er nicht, abgesehen von neunundneunzig, natürlich, und von *»oui«,* was »ja« bedeutete.

11. Kapitel

Auf der Rolltreppe zum Ärger

Mit einem französischen Ruck hielt das Taxi endlich vor einem langen, hohen Steingebäude. Das ist ja ganz schön alt, dachte Bella, während Pinneus mit der Kreditkarte seines Vaters bezahlte. Sie nahm den Geruch der alten Steine dieses riesigen Hauses wahr, als Pinneus aus dem Auto stieg und sie sich um seinen Hals wickelte.

»Das sieht aus wie ein altes Schloss«, sagte Pinneus.

»Oder wie eine Festung«, sagte Bella.

Als sie durch den Bogengang gelaufen waren und auf einem großen gepflasterten Burghof standen, wimmelte es überall von Touristen. Kieswege führten in alle Himmelsrichtungen, es gab Bäume und Blumen in schönen Beeten. Alles war so groß. Die Schlange am

Kartenschalter vor dem pyramidenhaften gläsernen Eingang war lang. Pinneus stellte sich hinten an. Bella schnupperte in der Luft herum. Es gab so viele fremde, französische Gerüche. Sie nahm den Duft eines wunderbaren Parfüms und den Geruch eines scharfen, scharfen Käses wahr. Und sie hörte den Klang eines französischen Akkordeons und die Frau vor ihnen in

der Schlange trug rote Schuhe mit ungeheuer hohen Absätzen. Die Schlange bewegte sich langsam vorwärts. Hier ist es schön, dachte Bella zufrieden. Schließlich war auch Pinneus an der Reihe und konnte sich eine Eintrittskarte kaufen. Der Kartenverkäufer beugte sich vor und sah ihn an.

Pinneus lächelte so einschmeichelnd, wie er überhaupt nur konnte. Der Mann druckte eine Eintrittskarte aus und schob sie Pinneus durch den dünnen Spalt zu.

»Voilà«, sagte er. Seine Stimme klang metallisch durch den Lautsprecher in der Glaswand.

»Da hätten wir noch ein französisches Wort gelernt«, murmelte Bella. »Jetzt können wir *nöff nöff, non, oui* und *voilà.*«

Sie betraten eine große, große gläserne Halle, in der Rolltreppen und ganz normale Treppen in alle Richtungen führten.

»Ach«, sagte Pinneus. »Das ist ein Museum. Das größte, das ich je gesehen habe. Wir nehmen erst die Rolltreppe nach unten.«

»Ja«, antwortete Bella neugierig und wurde so aufgeregt, dass sie langsam von ihm hinunterrutschte. Plötzlich hatte ihr Körper sich zwischen zwei Metallstufen in der breiten Rolltreppe verfangen. Pinneus reagierte blitzschnell und fing an, an ihr zu zerren und zu ziehen, bis sie in der Mitte fast auseinanderriss.

»Au«, schrie Bella. In diesem Moment ging der Alarm los. RIIING! RIIIING! RIIIING! Die Rolltreppe kam zum Stillstand und die Leute starrten Pinneus und seinen blöden langen Schal verärgert an.

»Ich krieg dich schon los . . . oder, warte!«

»Reiß mir nicht mein Hinterstück ab«, rief Bella. »Das darfst du einfach nicht!«

Plötzlich stand ein Museumswächter in blauer Uniform vor ihnen.

»Allo, allo«, sagte er und schob die Umstehenden beiseite.

Pinneus hielt Bella krampfhaft fest. Der Wächter fuchtelte mit den Armen.

Pinneus verstand nicht, was er meinte, aber plötzlich bückte der Mann sich und schob einen Schraubenschlüssel zwischen die Metallstufen. Er stemmte sie einen Zentimeter auseinander und schwupp, schon war Bella erlöst. Sie war zwar am Saum ein wenig zerfleddert, aber immerhin war sie frei. Die Leute lächelten Pinneus an, doch der war so verdutzt, dass er Bella einfach zu einem kleinen harten Ball zusammenknüllte, sie an seine Brust drückte und die Treppe hinunterrannte, ehe die Stufen sich wieder in Bewegung gesetzt hatten.

»Uggig«, murmelte Bella verärgert irgendwo in dem Stoffball.

»Sei bloß still!«, sagte Pinneus und lief mit raschen Schritten in den großen Saal. »Wegen dir bekomme ich noch einen Nervenzusammenbruch«, murmelte er mürrisch.

»Und ich wegen dir!«, gab Bella empört zurück.

Als Bella sich wieder hochgehappt hatte, schlang Pinneus sie sich um den Hals.

»Jetzt können wir ja einfach ein bisschen rumlaufen, aber was suchst du hier überhaupt?«

»Ich weiß nicht so recht«, sagte Bella. »Jemanden, der mir bei der Suche nach Fiola Flink helfen kann. Jemanden, der weiß, wo sie ist. Meine Lehrerin hat gesagt, wir müssten Victor oder Leonardo finden. Sie hat mir auch diese Adresse hier gegeben.«

Pinneus sah sich in dem Saal um. An den Wänden hingen große Gemälde und überall standen Statuen und Glaskästen, in denen uralte Dinge herumlagen. Ganz hinten im Saal drängten sich jede Menge Leute vor dem kleinen Bild einer seltsamen, steifen Frau.

»Mona Lisa«, hörte Bella eine feine Dame andächtig flüstern.

»Oui«, antwortete ihr Mann. »Mona Lisa.«

»Das ist sicherlich ein berühmtes Bild«, sagte Pinneus.

»Ja, sicherlich«, sagte Bella.

Da sie nicht so recht wussten, wo sie suchen sollten oder wie Victor und Leonardo aussahen, wanderten Pinneus und Bella den ganzen Tag von einem Saal zum anderen.

»Wir müssen bestimmt in die oberste Etage«, sagte Bella. »Da war irgendwas mit einem Turmzimmer, aber ich bin nicht sicher, ob wir das finden werden. Es könnte schließlich auch ein Nachtraum sein.«

»Was ist ein Nachtraum?«, fragte Pinneus.

»Das ist ein Raum, den es am Tag nicht gibt«, sagte Bella. Pinneus runzelte die Stirn.

»An der Tür soll ein Schild hängen«, fügte Bella hinzu. »Darauf steht *Hier ist es nicht.*«

»Das klingt aber sehr seltsam.«

»Das ist überhaupt nicht seltsam. Höchstens ein bisschen komisch.«

Sie suchten und suchten im obersten Stock, fanden aber kein Turmzimmer.

»Wir müssen uns irgendwo verstecken, wenn das Museum geschlossen wird«, sagte Bella. »Vielleicht zeigt Victor sich erst, wenn es Nacht geworden ist.«

»Aber du weißt ja gar nicht, wer er ist.«

»Nein, und ich glaube auch nicht, dass er weiß, wer ich bin.«

»Ich habe Hunger. Ich hab schon Bauchweh«, sagte Pinneus.

»Wir können uns in das kleine Café im ersten Stock setzen«, sagte Bella.

Als sie gegessen hatten und das Museum geschlossen wurde, versteckten Pinneus und Bella sich in der Herrentoilette im Keller. Diese war gleich neben einem Ausgang. Sie konnten hören, wie die Leute langsam aus dem Museum strömten.

Die Wände waren mit scheußlichen hellgrünen Fliesen bedeckt und zahlreiche Türen führten in die einzelnen Toilettenkabinen. Pinneus versteckte sich in der hintersten.

»Schön, dass es jetzt hier leer wird«, flüsterte Bella. »Aber bestimmt schalten sie nach dem Schließen die Alarmanlage ein.«

»Ja, garantiert, wo sie doch die vielen alten Gemälde hier haben.«

»Gespenster können sich durch alle Alarmsysteme bewegen.«

»Woher weißt du das?«, fragte Pinneus.

»Das hat Onkel Torres erzählt. Die Erwachsenen spuken in Häusern mit und in Häusern ohne Alarmsystem. In jeder einzelnen Nacht«, fügte sie hinzu.

»In jeder einzelnen Nacht?«

»Ja, in jeder einzelnen Nacht.«

»Aber was ist mit mir?«

»Du bist ein Mensch, Pinneus, da wird das wohl nicht gehen.«

»Und du hast wohl auch keinen Schatten, Bella?«

»Nein, hab ich nicht. Du musst hier unten warten, während ich durch die Säle fliege und versuche, irgendwas herauszufinden.«

12. Kapitel

Die Gobelingespenster kommen

Erst als Bella Buuuh durch die ersten beiden Säle geflogen war, fiel ihr ein, was Sofia Schrecklassnach über die Gobelingespenster gesagt hatte: dass sie gefährlich und böse seien. Und dass sie sich vor Veränderungen hüten müsse. Bella hatte plötzlich das Gefühl, vor Schreck zu erstarren. Sie wusste ja nicht, von welcher Art Veränderung Sofia Schrecklassnach da geredet hatte.

Und dann hatte sie plötzlich das Gefühl, dass jemand sie anstarrte. Bella Buuuh fuhr herum, konnte aber niemanden sehen. Es gab nur hier und da einige kleine, kleine Lampen vor den Gemälden, sonst war es ganz dunkel. Sich in dieser gewaltigen Stille von einem großen Saal in den anderen zu bewegen, war seltsam und ein wenig unheimlich.

Sie suchte nach *jemandem,* von dem sie nicht wusste, wer es war, und sie lauschte auf *etwas,* das sie nicht hören konnte.

Aber sie hatte das deutliche Gefühl, dass sie nicht alleine war.

Bella schwebte zu einem großen Gemälde. Darunter stand auf einem Messingschild *Frédéric Chopin.*

Bella starrte das Bild des Mannes mit den roten Haaren und der großen Nase an. Sie starrte in das Bild hinein und merkte plötzlich, dass es sich veränderte. Etwas war hinter dem Mann. Sie glitt näher und sah, dass ganz hinten, hinter dem Rücken des Mannes, ein kleines Orchester saß. Zuerst hörte sie nur ein leises, leises Geräusch, das von einem anderen Ort zu stammen schien.

Bella verharrte regungslos und starrte auf die Bewegungen in dem alten Bild, hörte auf das leise Geräusch, lauschte.

»Das ist Chopin«, hörte sie plötzlich gleich hinter sich eine zischende Stimme. Bella fuhr herum und starrte in die Augen eines verblassten Wesens mit hängendem Kopf.

»Wer bist du?«, rief sie erschrocken. »Geh weg!«

Aber das Wesen blieb stehen. »Sieh in das Bild daneben und hör dir lieber diese Musik an.«

Es sprach ihre Sprache, deshalb verstand sie, was es sagte.

»Warum denn?« Bella glitt zur Seite und starrte in das kleine schwarze Bild, das neben dem Gemälde von Chopin hing.

»Siehst du, dass der Komponist ganz hinten im Bild sitzt? Der kleine, kleine Komponist neben der Dame mit der Perlenkette. ›Das Weihnachtsoratorium‹«, flüsterte das Wesen. »Bach! Er wurde von deutschen, französischen und italienischen Meistern inspiriert.«

»Geh weg!«, sagte Bella noch einmal. Etwas stimmte hier nicht.

Mit jeder Faser ihres Körpers konnte Bella spüren, dass irgendetwas nicht stimmte. Aber das Wesen kam dennoch langsam näher und näher. Am Ende umkreiste es sie mit fließenden Bewegungen, die wie schauderhaft düstere Ringe wirkten. Es war so nah, dass Bella sehen konnte, wie die Nacht die schwarze Wut in seinen Augen verdeckte.

Es war ein *Er*. Bella spürte, wie die Dunkelheit, die er ausstrahlte, sich in Ringen um ihren Kopf sammelte. Waren das die Veränderungen, von denen Sofia Schrecklassnach gesagt hatte, dass sie sich davor hüten sollte?

Die Musik aus dem Bild wurde lauter und lauter und das Wesen floss im Saal hin und her. Bella drehte sich noch einmal um und starrte wieder ins Bild, sah die Bewegungen tief darinnen. Die Musik aus dem Gemälde war eigentlich schön. Aber warum hatte Bella dann solche Angst? Dieses widerliche Wesen konnte ja wohl nicht Victor sein?

Plötzlich stand das Wesen wieder dicht hinter ihr. Sie spürte seinen Atem im Nacken und sprang zur Seite.

»Bist du Victor?«

Er gab keine Antwort.

»Bist du das?«

Das Wesen öffnete den Mund, dann sagte es: »Komm ein bisschen näher.«

Bella Buuuh schoss mit einem plötzlichen Ruck durch den Saal, flog in einen anderen Raum und jagte eine Treppe, über deren Stufen ein roter Teppich gebreitet war, nach oben. Das Geräusch folgte ihr.

En vérité, la demeure de mon coeur n'est pas un palais digne d'un prince.

Jemand sang in einer Sprache, die sie nicht verstand.

Mais un sombre caverne;
pourtant, dès que les rayons de ta grâce

Wo sollte sie sich hinflüchten?

viendront l'illuminer,
tout paraîtra empli de soleil.

Bella drehte sich um und sah, dass das Wesen hinter ihr die Treppe hochfloss. Sie glitt zu einer weißen Statue und versteckte sich dahinter. Vielleicht hatte Sofia Schrecklassnach das gemeint, als sie gesagt hatte, Bella müsse lernen, zwischen dem Gefährlichen und dem Schönen zu unterscheiden.

Es wurde still. Bella lugte vorsichtig hervor. Das Wesen war verschwunden und im Saal unten verhallte die Musik.

»Jetzt«, sagte Bella zu sich. »Jetzt muss ich wieder zu Pinneus nach unten, denn Victor kann ich ja doch

nicht finden.« Doch kaum hatte sie das gesagt, tauchte neben ihr etwas *anderes* auf. Bella huschte um die Statue herum. Sie konnte nicht sehen, was es war, denn es bewegte sich so schnell.

SWISCH, SWISCH, sagte es, dann hörte sie einige dunkle Geräusche, wie von schwerem Stoff. *Etwas anderes* hatte die Herrschaft übernommen – sie wurde nicht mehr von den Ringen aus Dunkelheit dieses verblassten Wesens verfolgt. Bella machte einen heftigen Ruck mit dem ganzen Körper, dann schoss sie wie eine kleine Rakete auf einen neuen Saal zu.

Dort hielt sie inne und horchte.

Das schwere, schwere Geräusch kam näher und näher. Stoff, der sich bewegte, schwerer Brokat.

Etwas stimmte hier nicht, stimmte ganz und gar nicht. Die Gobelingespenster, von denen Sofia Schrecklassnach gesprochen hatte. Bella war sich sicher. Die waren das! Sie waren auf dem Weg und *sie waren furchtlos und böse!*

Bella wirbelte eine andere Marmortreppe hoch und dann weiter durch einen engen Gang. Immer wieder drehte sie sich um, um zu sehen, wodurch das Geräusch verursacht wurde. Dann, plötzlich, nahm sie aus dem Augenwinkel Bewegungen und Umrisse ganz unten auf der Treppe wahr. Sie sprang los wie ein Astronaut auf dem Mond. *Du wirst es nicht schaffen,* dachte sie, *du weißt ja, wie das im Traum ist. Alles, wovor du wegläufst, kommt zu dir.* Es waren unzählige Gobelingespenster und sie alle hatten es auf sie abgesehen.

Plötzlich stand sie in einem Raum, dessen Wände von einer schönen tiefroten Tapete mit Goldmuster bedeckt waren. Auf einer kleinen Empore stand ein kurzes und sehr elegantes goldenes Bett. *Napoléon,* las sie auf einem Schild, das am Fußende befestigt war. Bestimmt ist das ein berühmtes Bett, dachte Bella und jagte darauf zu. Die Gobelingespenster näherten sich mit Getöse und Gepolter über den engen Gang.

Eine rote Nachtlampe leuchtete an der einen Wand. An der Wand gegenüber hing ein großer Spiegel in einem Goldrahmen. Das rote Licht bildete einen Strahl, der mitten im Spiegel verschwand. Rasch ließ Bella sich in das goldene Bett fallen und breitete sich über die Seidendecke, die dort lag. Sie hoffte, dass sie nun einer kleinen Bettdecke zum Verwechseln ähnlich sah.

Sekunden später füllten die Gobelingespenster den Raum. Sie wälzten sich herein, während Bella starr vor Schreck auf Napoléons Bett lag. Plötzlich sah sie im schwachen Licht der Nachtlampe die Umrisse der riesigen Gespenster. Sie überfluteten die Wände mit Schatten. Sie sahen unheimlich aus. Und in diesem Moment wusste Bella, dass sie böse waren, denn die Gespenster, die sie kannte, waren allesamt schattenlos.

Albtraumhaft segelten die bösen Gobelingespenster schnüffelnd durch das Zimmer, als ob sie Bella wittern

könnten. Bella Buuuh lag ganz, ganz still da. Nur ganz unten, am untersten Saum, zitterte sie ein wenig.

Die Gobelins wogten hin und her, verschwanden für einen Moment durch die Tür, dann kamen sie zurück und brachten das Licht der Nachtlampe noch einmal zum Flackern. Ein Gespenst verknotete sich plötzlich zu einem dicken Knoten und schlug mit lautem Knallen durch den Raum. Es bewegte sich so rasch, dass Bella seinem Schatten nicht mehr mit Blicken folgen konnte. Immer wieder stand es dicht vor ihr, dann wich es zurück. Es fauchte und schnarrte in einer unbekannten Sprache.

Bella kniff die Augen zu. Das hier war Dunkelzeit, schreckliche, eiskalte Dunkelzeit. Allein schon der leiseste Atemhauch konnte ihnen verraten, wo sie war. Wie viele Lichtjahre würde sie hier liegen müssen? Wer könnte sie eigentlich retten?

Die Gobelingespenster fingen an, einander anzupöbeln. Bella vermutete, dass dieser Streit mit ihr zu tun hatte. Plötzlich brach

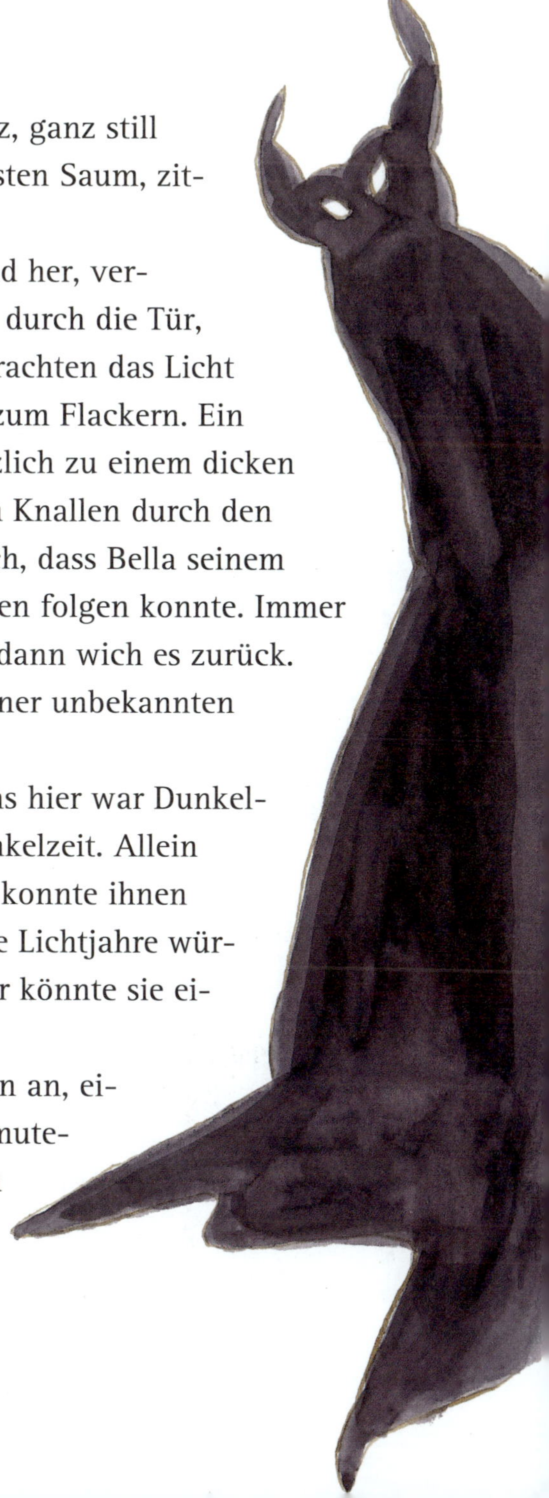

das allergrößte Gobelingespenst in lautes, heiseres Geschrei aus. Bella begriff nicht, was es sagte, aber es hörte sich an wie *Wir kriegen dich, kriegen dich, kriegen dich.*

Die Gobeline fuhren herum und zeigten in alle möglichen Richtungen. Nun war alles zu spät. Ein eiskalter Schauer lief Bellas Rücken hinab. Sie krümmte sich zusammen, dann lag sie ganz still neben dem bestickten Kissen ganz oben am vergoldeten Kopfende des Bettes.

13. Kapitel

Leonardos Wärme

Klick, klack, klick, klack! Plötzlich hörte Bella ein neues Geräusch, *hinter* den Gobelingespenstern. Es waren Schritte, Menschenschritte. *SWISCH,* schon waren die Gespenster verschwunden, waren plötzlich einfach fort. Es war ein uniformierter Wächter mit einer Taschenlampe, der durch die Säle schritt. Seine Schritte hallten in der Nacht als Echo wider. Bella konnte ihn hinten in der Türöffnung erkennen. Er kam näher und blieb vor Napoléons Bett stehen. Wer ist wohl gefährlicher, überlegte Bella, die Menschen oder die Gobelingespenster?

»Mama Mulda, hilf mir!« Bella Buuuh weinte lautlos und ihr fiel plötzlich ein, wie ihre Mutter nachts, wenn sie von der Arbeit kam, auf den Fabrikhof geflogen war. Und Bella wusste noch, wie große Angst sie immer davor gehabt hatte, dass ihre Mutter vielleicht nicht nach Hause kommen würde. Einmal war sie nass geworden und auf dem Heimweg zu Eis gefroren. Sie war im Tiefflug über ein Feld gesegelt und über einen riesigen Kürbis gestolpert. Dort hatte sie dann die ganze Nacht liegen bleiben müssen und die Sterne hatten sich in ihrem Eiskörper gespiegelt. Erst als die Sonne aufgegangen war, war sie aufgetaut und hatte nach Hause kommen können.

Bella sah zu dem Wächter hoch, der vor Napoléons Bett stehen geblieben war. Er stand mäuschenstill da und starrte Bella an. Er richtete seine Taschenlampe auf sie. Der Lichtstrahl wanderte zweimal über ihren Körper. Für einen Moment spürte Bella das Licht ihrer Mutter über sich. Plötzlich schien eine Hand sie zu streicheln. Ihr fiel ein, dass sie ihre Mutter gefragt hatte, eines Nachts, draußen hinter der Kleiderfabrik, ob Gespenster älter seien als Bäume. Die Mutter hatte gelacht und geantwortet: *Ja. Sieh dir die Bäume an, sieh dir die Blättchen an, sie sehen aus wie Fähnchen. Das ist die Magie der Natur.*

LOUVRE

Der Wächter hatte sich noch immer nicht bewegt. Vielleicht sterbe ich jetzt vor Angst, dachte Bella. Die Angst war so groß, dass sie nicht wusste, ob sie wirklich hier im Museum lag. Konnten Gespenster denn vor Angst sterben?

Als der Wächter mit der Taschenlampe endlich weiterging, richtete Bella sich ganz schnell auf, glitt aus dem Bett, segelte über den Boden und aus dem Raum. Rasch flatterte sie zwei neue Treppen hoch. Sie musste den obersten Stock finden, musste die Tür mit dem Schild finden. Musste Victor finden.

Aber sie fand keine Tür, sie fand nur blinde Wände.

Bella schwebte die Treppen wieder hinunter, zuerst die eine, dann die andere. Am Ende war sie unten in dem ersten Saal, dort, wo sie die Musik gehört hatte.

Jetzt hatte sie nur einen einzigen Gedanken im Kopf: Sie musste zurück in den Keller zu Pinneus. Aber es war zu spät, denn plötzlich hörte sie wieder das Gepolter der Gobelingespenster, die gerade die Treppen hinunterstürzten.

»Pinneus!« Bellas Stimme gellte durch den Saal. »Pinneus!«

Aber es war zu spät. Er konnte ihr nicht helfen, denn

er hörte sie nicht. Alles war zu Ende. Bella fiel mitten im Raum zu einem kleinen Haufen zusammen. Und sie dachte: Ich werde das nicht schaffen. Ich werde niemals den Regenbogen oder den siebten Stern sehen. Ich werde niemals die Erste Wahrheit erfahren.

»Kriech schnell unter mich!«

Bella fuhr zusammen und starrte in die Augen eines großen alten Teppichs, der in goldenen Persermustern geknüpft war.

»Ich bin Leonardo«, sagte der Teppich und hob einen Zipfel. »Ich wusste, dass du kommen würdest. Beeil dich.«

Bella schlüpfte unter ihn und Leonardo legte sich beschützend über sie. Das war eine überaus nette Geste von ihm. Bella war ungeheuer erleichtert.

»Danke«, sagte sie und spürte die schwere Wärme über sich. Im selben Moment tobten die Gobelingespenster wütend über den alten Teppich. Es war beängstigend, ihr Gewicht zu spüren. Sie trampelten und stampften.

»Immer mit der Ruhe. Die Gobelins können dir jetzt nichts mehr tun«, sagte Leonardo mit seiner tiefen Stimme.

»Wie uggig«, sagte Bella zitternd.

»Sollen die nur trampeln, bald kommt Victor dich holen. Und dann werden sie es nicht mehr wagen, dich anzurühren.«

Er hatte recht. Bald darauf verschwanden die bösen Gespenster.

»Bald kommt Victor. Sehr bald.«

»Wie lange ist es bis bald?«

»Das ist jetzt, Bella Buuuh.«

»Du weißt, wie ich heiße?«

»Natürlich, genau wie du weißt, wie ich heiße«, sagte Leonardo und hob abermals seinen Zipfel hoch. Bella schlüpfte hinaus und dort stand Victor.

Er leuchtete in glänzendem Goldbrokat mit rotem Samtmuster.

»Oh«, rutschte es Bella heraus.

Victor nahm Bella Buuuh auf den Arm. »Endlich, da bist du ja.«

»Ich heiße Bella Buuuh«, piepste Bella. »Und du bist wie ein Blitz aus heiterem Himmel gekommen und hast mich im letzten Augenblick gerettet.«

»Du brauchst jetzt keine Angst mehr zu haben«, sagte Victor mit schnarrender Stimme. »Ich will nur dein

Bestes und Leonardo will das auch. Ich habe gewusst, dass er dich beschützen würde. Und wir sind hier zu mehreren. Ich bin Victor.«

»Das weiß ich.«

Bella zitterte noch immer, sie spürte den mächtigen Stoff, aus dem Victor bestand, an ihrem kleinen Baumwollkörper.

»Meine kleine Cosette, meine Léopoldine«, flüsterte er und trug sie weg.

»Die sind so schrecklich, diese Gespenster.«

»Ja, das sind sie, aber hab nicht so furchtbare Angst. Sie waren immer schon böse, auch in der vorigen Dimension.«

»In der vorigen . . .«

»Weißt du, man kann tief fallen, einfach, indem man zum Individuum *wird.* Es ist eine Illusion, dass die Welt nur ein einziger Ort ist.«

»Indu . . . Illusion und was?«

»Denk jetzt nicht daran. Wer ist er, dieser Mensch, den du bei dir hast?«

»Pinneus. Er versteckt sich unten auf der Herrentoilette.«

»Pinneüss, meine Güte.«

Victor lief mit Bella auf dem Arm weiter. Er trug sie durch die langen Gänge, über Treppen mit fantastisch geschnitzten Geländern und durch viele neue große Säle mit Gemälden, Statuen und Glaskästen mit alten Torsi und Alabasterköpfen. Victor warf keinen Schatten, wie Bella dabei sah.

»Kannst du mir bei der Suche nach Fiola Flink helfen? Es ist so uggig«, sagte Bella in jämmerlichem Tonfall. »Sofia Schrecklassnach hat erzählt . . . und es eilt, denn sie kann verkauft werden. Solche Taschen . . .«

»Ja, das ist sicher uggig, das verstehe ich. Sofia Schrecklassnach – meine Güte, ach ja, ich habe das Gefühl, dass ich mich an sie erinnere. Sie unterrichtet an der SCHNÜSS, nicht wahr?«

Bella lächelte. Victor kannte ihre Lehrerin also wirklich.

»Ja«, sagte sie. »An der Schrecklassnach-Nachtschule für Übungsbedürftige Spuk- und Störgespenster.«

»Eine gute Schule.«

Bella konnte die Stille hören. Es gab keinerlei Bewegung oder Veränderungen in den Räumen. Die Musik war verstummt.

»Wohin gehen wir?«

»Wir gehen an einen Ort, den es nicht gibt.«

»Hier ist es nicht«, sagte Bella.

»Genau«, sagte Victor und trug sie die letzte kleine Treppe hoch. Plötzlich standen sie vor der Tür mit dem Schild.

Bella seufzte erleichtert. Endlich war sie am Ziel.

»Sind sie jetzt weg, die bösen Gespenster?«

»Nein, sie sind hier, aber ich bin stärker als sie«, sagte Victor voller Überzeugung mit seiner freundlichen Stimme.

14. Kapitel

»Hier ist es nicht«

Im Turmzimmer wurde Bella auf den Boden gesetzt. Es war ein wunderschönes kleines Zimmer, das Ruhe und sanfte Wärme ausstrahlte. In einem ovalen Erker mit hohen Fenstern war eine Bank mit graublauen Samtkissen in die Wand eingelassen. An den Wänden klebten cremefarbene Tapeten und es gab weiße und silberne Rokokomöbel mit weißen Seidenkissen auf den Stühlen. Weiße Kerzen brannten in den beiden fünfarmigen Leuchtern.

Und damit nicht genug, auf dem Tisch stand Essen in prachtvollen Glasschüsseln mit hohem Fuß. Es gab köstliches Gebäck – Baisers und Zuckerbrot.

»Ach«, sagte Bella. »Wie wunderbar.«

»Ja, es ist prächtig hier. Es gibt so vieles zu entdecken. Iss jetzt, Bella, setz dich, ich hole dir etwas zu trinken.«

Bella griff zu, dann fiel ihr Pinneus ein, aber sie vergaß ihn sofort wieder, als Victor ihr gegenüber am Tisch Platz nahm.

»Manchmal ist alles so schwierig«, sagte Bella.

»Es ist schwierig, ein Gespenst zu sein. Das liegt doch auf der Hand. Man soll um die ganze Welt, von null auf hundert, in fünf Lichtjahren.«

Bella blickte ihn mit ernster Miene an.

»Es gibt eine Zeit *zwischen allem«,* sagte Victor jetzt. »Und zwar die Zeit zwischen dem, was *werden wird,* und dem, was *gewesen ist.* Das ist das Nun für die Menschen.«

»Das Nun?«

»Ja, oder das Jetzt.«

»Ist das hier?«

»Ja, oder dort, kommt darauf an, wo du im Leben bist. Wo du *bist.«*

»Wo ich *bin?«*

»Ja, du bist in der Vorzeit.«

»In der Vorzeit?«

»Ja, du wirst das irgendwann verstehen. Stell dir vor, es gäbe für die Menschen nichts auf jeder Seite von *gerade jetzt* – weder davor noch danach.«

»Dann wären wir jetzt nicht hier«, sagte Bella und schluckte ein großes knuspriges Stück Baiser hinunter. Der Zucker knirschte.

Victor lächelte.

»Genau. Wir werden auch über Verlust sprechen müssen, Bella.«

»Über meine Mutter, über Mulda?«

»Ja«, sagte Victor. »Aber es ist zu früh, man findet nicht alle Wahrheiten auf einmal, mein Kind. Manches ist so schön, dass es warten muss.«

»So schön, bedeutet das, *zu* schön? Ist meine Mutter in der Zwischenzeit?«

»Das muss warten. In der Zwischenzeit wird es vielleicht Wartezeit genannt. Aber sie kann auch in der Vorzeit oder der Nachzeit sein. Du musst zuerst Fiola Flink finden. Jetzt geht es um Fiola.«

»Ja«, sagte Bella und seufzte lautlos.

»Du kleines Samenkorn.« Victor beugte sich über den Tisch und streichelte Bellas Kopf. »Schau aus dem Fenster«, sagte er dann und erhob sich. »Während du über große Teile der Nacht hinweg hier drinnen von den Bösen verfolgt worden bist, hat es draußen geregnet. Das weißt du nicht, weil du hier drinnen warst, *n'est-ce pas? Draußen und drinnen* sind zwei ganz und gar verschiedene Orte.«

Bella stand auf und ging zu Victor hinüber. Er legte einen seiner Goldbrokatzipfel um sie. Sie starrte aus einem der hohen, schmalen Fenster. Der weiße Mond sah am Himmel über dem Museumsdach aus wie eine Papierkugel.

»Es hat geregnet, ja«, sagte sie. Unten auf dem großen Steinplatz vor den

vielen Eingangstüren gab es mehrere Pfützen. Der Mond spiegelte sich darin und wurde zu vielen Monden. Plötzlich entdeckte Bella auf dem Dachfirst eine weiße Gestalt.

Sie drehte sich um und schaute zu Victor hoch.

»Da sitzt jemand auf dem Dach. Und es sieht aus, als ob in den Pfützen viele Monde schwimmen, Victor. Das ist seltsam.«

»Ja, es gibt tausend Monde auf dem Boden. Am Himmel gibt es dagegen nur einen. Du bist ein kleiner Engel, Bella. Deine Flügel sind noch nicht abgefallen.«

»Ich bin kein Engel, ich bin ein Gespenst. Ich habe nicht eine einzige Feder am Rücken.«

»Das kommt aufs Selbe raus.« Er öffnete das Fenster. »Hör mal, Bella.«

Bella lauschte und hörte eine schöne, schöne Stimme, die dort draußen sang. Die Stimme gehörte der Gestalt auf dem Dachfirst.

»Das ist Edith«, sagte Victor und lächelte. »Sie singt darüber, dass man nichts bereuen soll. Das ist schön.«

Victor wurde plötzlich ernst und schloss das Fenster, dann sagte er: »In der Rue de Fleurus 27 gibt es einen kleinen Laden. Er heißt *Basket.* Zwei von uns wohnen dort. Gertrude und Alice. Alice ist die Seidengardine im Schaufenster, Gertrude der große Wandbehang hinter dem Tresen, neben dem Spiegel. Sie hat mir Signale geschickt, deshalb weiß ich, dass Fiola Flink dort ist. Sie steht unten im Glaskasten im Tresen, mit blau geblümter Borte und Bambusgriff, *n'est-ce pas?*«

»Ja, das ist sie«, sagte Bella erleichtert.

»Die Menschendame, der der Laden gehört, ist jung und harmlos, mit der werdet ihr leicht fertig, du und Pinneüss. Sie trägt jeden Tag geblümte Kleider. Du gehst also gleich hin, sowie die Sonne aus dem Meer aufsteigt.«

Bella drehte sich um und sah Victor an. »Werde ich dich wiedersehen?«

Er schloss für einen Moment die Augen, wie in Zeitlupe. Als er sie wieder öffnete, lag etwas Trauriges in seinem Blick. »Nacht und Tag sind miteinander verbunden, man muss durch sie hindurch«, flüsterte er.

»Aber sag doch, Victor, werde ich dich wiedersehen?«

»Du bekommst ein Buch von mir.« Er ging durch das Zimmer und öffnete einen Glasschrank. »Dieses hier«, sagte er und legte ein in Leder gebundenes Buch auf ihren Schoß.

Bella hob es hoch und schlug es auf.

»Oh«, sagte sie. *Fantine. Livre premier. Un juste*, stand auf der ersten Seite. *Fantine. Erstes Buch. Ein Gerechter.*

»Danke«, sagte Bella und drückte es an sich. »Wer ist Fantine?«

»Fantine hatte keine Familie. Sie bekam diesen Namen von jemandem, der ihr begegnete, als sie als kleines Kind barfuß auf der Straße herumlief. Sie erhielt den Namen auf dieselbe Weise, wie sie Tropfen in die Haare bekam, wenn es regnete. Sie wurde die Mutter eines Menschenkindes namens Cosette.«

»Dieses Buch handelt also von Menschen?«

»Oui.«

»Und?«

Victor lächelte.

»Cosette blieb allein, auch wenn sie in der wirklichen Wirklichkeit gar nicht existierte, sondern einfach nur ausgedacht war.«

»So wie wir?«

Victor gab keine Antwort.

»Wer hat sich um Cosette gekümmert?«

»Ein gewisser Jean«, sagte Victor. »Ein guter Mensch, ein Seelenverwandter des Mannes, wie du ihn vor dir stehen *siehst,* hier in diesem Turmzimmer mit *Hier ist es nicht* an der Tür.«

Als er das gesagt hatte, spürte Bella, wie eine große Wärme sich in ihr ausbreitete. Was Victor ihr sagen wollte, war vielleicht, dass auch Menschen Hilfe brauchten und dass auch Menschen sich nach ihrer Mutter sehnen konnten. Sie glaubte außerdem, dass er sagen wollte, wenn man niemals aufgab, sondern eine Menge Regenwetter überstand, konnte es passieren . . . ganz am Ende, dass man seine Mutter wiedersah. Aber zuerst musste man also eine Menge *Wahrheiten* sammeln.

Bella schaute zur Decke hoch, die hier und dort rissig war. Einer der dunkelgrünen Nachtschatten, die durch das Fenster fielen, sah aus wie ein Vogel mit zwei großen Flügeln.

Bella fiel etwas Witziges ein, das die alte Ulla erzählt hatte, nämlich dass sie einmal von einer Gänseschar gejagt worden war, als sie eines Nachts ausgeflogen war.

»Das ist seltsam«, sagte Bella, »dass man Gerüche wittern kann. Plötzlich habe ich das Gefühl, Federn zu riechen.«

»Das hängt mit der Zeit zusammen«, sagte Victor

schmunzelnd. »Und mit Flügelschlag und Herzschlag. Wie weit zurück kannst du dich erinnern?«

»Ich erinnere mich an meine Mutter«, sagte Bella. »Sie ist bei helllichtem Tag verschwunden. Ich werde immer nach ihr suchen.«

»Am Ende wird es schon gut werden. Du weißt, dass das Licht, vor dem wir Gespenster uns hüten müssen, zwischen einer Dunkelheit und noch einer und noch einer Dunkelheit gespannt ist.«

»Dann ist es also auf *beiden* Seiten dunkel?«, fragte Bella. »Auf beiden Seiten des Lichtes?«

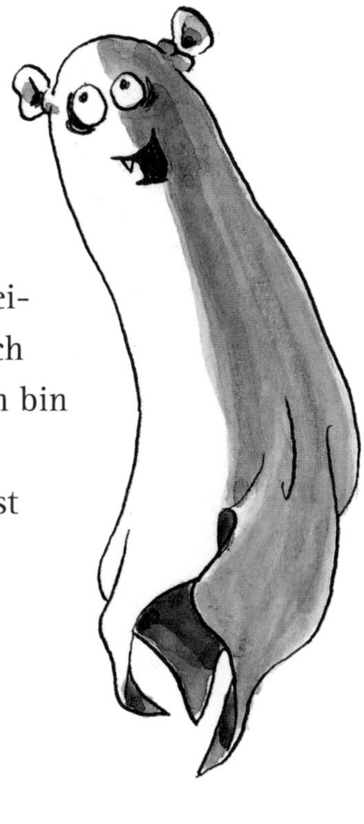

»Auf beiden Seiten von allem«, sagte Victor. »Auf jeder Seite der Zwischenzeit gibt es zwei andere Zeiten, die Vorzeit und die Nachzeit. Ich *bin jemand gewesen,* Bella, denn ich bin alt. Aber du bist jung und *wirst jemand werden,* verstehst du? Du lebst in der Vorzeit, die Menschen leben in der Zwischenzeit und ich, der ich *jemand gewesen bin,* lebe in der Nachzeit.«

»Genau!«, antwortete Bella voller

Überzeugung und begriff im selben Moment, dass die *Erste Wahrheit* genau damit zu tun hatte.

»Die Zeit geht nicht, sie kommt, Bella, und ich will dir zwei wichtige Wörter mitgeben, nämlich *immer* und *zu Anfang.*«

»Zu Anfang?«

»Puff, und schon war die Welt entstanden. Die Ewigkeit, Bella.«

»Puff«, wiederholte Bella. »Puff«, sagte sie noch einmal und lachte.

15. Kapitel

Das Geheimnis des Glaskastens

Pinneus saß in sich zusammengesunken im hintersten Winkel des Toilettenraums mit den hellgrünen Fliesen. Er sah ein bisschen armselig aus, im Zwielicht und mit seinem Struwwelkopf.

»Pinneus«, flüsterte Bella. »Ich habe so viel erlebt, das kannst du dir überhaupt nicht vorstellen.«

»Wo hast du denn nur gesteckt?« Pinneus sprang auf. »Ich sitze seit Stunden hier herum. Ich habe einen Wahnsinnshunger.«

Er starrte sie verärgert an.

»Ich habe etwas Wichtiges gelernt, Pinneus. Über die Ewigkeit und Puff und über die Zeit, die kommt. Und ich habe lebensgefährliche Dinge erlebt. Die Gobelingespenster hätten mich fast erwischt, das kannst du dir überhaupt nicht vorstellen. Hast du die Musik gehört?«

»Ich habe nichts gehört, nur das Rauschen in den Rohren. Was ist Puff, ist das ein Kuchen? Ich finde, das klingt wie ein Kuchen mit Rosinen.«

»Puff ist der Anfang von allem, Pinneus. Es ist ein Geräusch, ein Lärm. Die Stille, die endet, und vielleicht die Erde, die anfängt, oder das Universum.«

»Ein explodierendes Stück Rosinenkuchen«, sagte Pinneus.

»Komisch, dass du nichts gehört hast«, sagte Bella. »Aber jetzt müssen wir sofort in diesen Taschenladen gehen. Der heißt *Basket* und wir müssen versuchen, Fiola Flink dort zu finden. Wir müssen das Museum verlassen, wenn sie gerade öffnen. Ich schlinge mich um deinen Hals. Hier, kannst du dieses Buch für mich tragen?«

»Was ist das denn für ein Buch?« Pinneus nahm das alte, in Leder gebundene Buch in die Hand.

»Das hat mir Victor geschenkt.«

»Aber ich hab Hunger, Bella.«

»Du kannst dir unterwegs natürlich etwas zu essen kaufen, Pinneus, etwas Leckeres.«

Pinneus lächelte.
»Natürlich kann ich das«, sagte er.

Im Schaufenster war an der einen Seite eine schwarze Seidengardine befestigt. Bella konnte in einer Falte zwei Augen erahnen. Die Augen schauten müde, aber klar vor sich hin.

»Das da ist Alice«, sagte Bella.

Pinneus kaute auf dem Baguette herum, das er sich gekauft hatte.

»Das ist wirklich knusprig und schmeckt köstlich«, sagte er und wischte einige Krümel von Bella.

Im Laden war es ganz still. Es roch süßlich und sauber. Ein Sonnenstrahl fiel durch das Fenster und legte sich gelb über den Boden.

Hinter dem kleinen Glastresen stand niemand, aber vielleicht war der Spiegel in der Wand dahinter durchsichtig, überlegte Bella, und hinter der Wand stand jemand und schaute in den Laden?

Pinneus ging zum Tresen und Bella starrte in den Glaskasten.

Dort stand Fiola! Sie war es und sie stand dort zusammen mit einigen wunderschönen Toilettentaschen und Mappen mit Blumenmuster.

Ein glückliches, perlendes Lachen kam aus Bellas Mund.

»Meinst du die Tasche mit der blauen Borte?« Pinneus starrte in den Glaskasten.

»Ja. Das ist Fiola Flink. Wir haben sie gefunden.«

Fiola starrte verärgert zu Bella hoch und der schnürte sich die Kehle zusammen.

Sie durfte jetzt nicht weinen.

Sie dachte an Mia und Torres, die sich so sehr freuen würden, wenn sie endlich ihr geliebtes Kind zurückerhielten.

Plötzlich kam eine Frau aus dem Hinterzimmer. Sie hatte dunkle Haare und unnatürlich blaue Augen. Sie trug ein geblümtes Kleid, wie Victor gesagt hatte. Ihr Rock wirbelte und brauste beim Gehen.

»Bonjour«, sagte sie zu Pinneus und der zuckte gleichgültig mit den Schultern.

»Zeig auf Fiola.«

Bella richtete sich ein wenig auf und flüsterte Pinneus ins Ohr.

»Die Tasche«, stotterte Pinneus und zeigte darauf. »Die da! Wir wollen die da!«

Die Frau schüttelte den Kopf und fuchtelte mit den Armen.

»Non«, sagte sie energisch.

Bella begriff, dass Fiola für eine andere Kundin zurückgelegt wurde. Neben ihr lag ein kleiner Zettel, auf dem ein Name stand.

»Oh nein, beim singenden Schatten«, flüsterte Bella.

Die Frau zog eine andere Tasche aus dem Regal hinter dem Tresen, eine schrille rote, mit orangefarbenem Griff.

Bella schüttelte so energisch den Kopf, dass die Frau Pinneus' Schal anstarrte.

»Non«, sagte Pinneus entschieden.

Die Frau zuckte verärgert mit den Schultern und verschwand wieder im Hinterzimmer.

Gleich darauf gab sich plötzlich das Gespenst zu erkennen, bei dem es sich um Gertrude handeln musste. Sie hatte mäuschenstill an der Wand gehangen und den Auftritt der beiden beobachtet, aber jetzt wogten Wellen der Verärgerung durch ihren Körper.

»Ich werde euch helfen«, sagte der Wandbehang entschieden und sprang von der Wand.

Gertrude war stark und hob mit einem Griff die Glasplatte vom Tresen.

»So, und jetzt spring raus, du kleiner Frühstücksbeutel.«

Fiola Flink sprang hoch und landete auf dem Boden, aber sie war nicht die enzige.

Plötzlich hüpften auch die fünf Toilettentaschen mit dem Blümchenmuster auf den Boden. Sie kreischten vor Vergnügen.

Gertrude ließ die schwere Glasplatte wieder fallen, während die glücklichen Toilettentaschen im Laden hin und her jagten.

Pinneus hob Fiola Flink vom Boden auf und schob sich ihren Bambusgriff über den Arm.

»Warum, Bella, warum?«, jammerte Fiola vorwurfsvoll.

»Aber Fiola, doch nicht gerade jetzt«, sagte Bella und tanzte einmal mit den Toilettentaschen durch den Laden.

Aber Fiola ließ nicht locker: »Du hast mich aus dem obersten Fach geschubst.«

»Was ist die Antwort?«, fragte plötzlich Gertrude.

Alice im Fenster seufzte laut.

»Oder in diesem Fall wohl besser«, sagte Gertrude unverdrossen, »was ist die Frage?«

Plötzlich kam die Verkäuferin wieder aus dem Hinterzimmer gestürzt. Sie hatte ihr niedliches Gesicht zu einer seltsamen Grimasse verzogen.

»Non«, rief sie und zeigte auf Fiola Flink und die Toilettentaschen. Gertrude flatterte auf und hängte sich wieder an die Wand. Alice seufzte im Schaufenster. Bella löste sich von Pinneus' Hals, jagte zur Tür und zog sich durch das Schlüsselloch. Von außen sah sie durch das Fenster, wie die Verkäuferin und Pinneus an Fiola Flink herumzerrten.

»Na los, Pinneus«, schrie Bella und sah gleichzeitig in der Schaufensterscheibe, dass ein Polizist gerade die Straße überquerte.

»Allo, allo«, rief er.

Die Zeit war gekommen, um zu kämpfen, zu fliehen oder aufzugeben. Bella Buuuh schlang einen Knoten in sich selber und jagte wie ein Tornado auf den *Monsieur Police* zu. Sie wuselte immer wieder um seinen Kopf herum und schlug viele Male gegen seine Uniform. Im gleichen Augenblick wurde die Ladentür lärmend aufgeschlagen. Pinneus stürzte heraus. Bella sah, dass er Fiola Flink in der Hand hielt. Gleich hinter ihm kam die Verkäuferin.

»Zut alors«, rief

sie und ihre roten Lippen bebten dabei wie wild und sie fuchtelte mit den Armen in der Luft. Die Toilettentaschen schlüpften zwischen ihren Beinen hindurch und jagten heulend über den Bürgersteig.

Der Polizist war zu Boden gegangen. Und Bella bekam fast keine Luft mehr.

»Da habe ich wohl einen Volltreffer gelandet!«, rief sie dem Polizisten zu, der jetzt versuchte, sich aufzurappeln. Seine Polizistenehre stand schließlich auf dem Spiel. Um ihn und Bella strömten die Gaffer zusammen.

»Na los, Bella«, rief Pinneus und lief, so schnell er konnte, über den Bürgersteig. Das war allerdings nicht sonderlich schnell. Bella konnte ihn mit zwei langen Sprüngen einholen und schlang sich dann um seinen Hals. Autos brausten an ihnen vorbei, einige hupten laut.

Pinneus jagte um eine Straßenecke und blieb dann stehen. »Wir müssen versuchen, ganz natürlich auszusehen«, keuchte er. Bella stimmte zu. Fiola sagte kein Wort.

Es wird nie wieder so wie früher, dachte Bella und starrte Fiola an. Die sah ja vielleicht sauer aus!

»Warum kommst du erst jetzt, Bella?«

»Also echt, Fiola – hier ist immerhin die Rede von

Paris, da kann man nicht mal eben während der Mittagspause vorbeischauen.«

»Gespenster brauchen kein Mittagessen, sie essen nur zur Nacht«, sagte Fiola vorwurfsvoll.

»Ach«, rief Bella plötzlich. »Wir sind auf den Champs-Élysées.«

»Unglaublich«, sagte Pinneus und gab sich wahnsinnige Mühe, ganz natürlich zu wirken. Aber es war nicht gerade einfach, auf so einer eleganten Straße nicht aufzufallen. Pinneus war eben nur ein dicklicher Junge mit weißem Schal und einer Handtasche mit blau geblümter Borte und Bambusgriff.

Nachdem sie bis zum Triumphbogen und zurück spaziert waren, fanden sie ein Taxi und waren wenig später endlich wieder am großen Flughafen. Pinneus lieferte Fiola Flink am Eincheckschalter ab. Sie musste als Gepäckstück aufgegeben werden, bekam einen Zettel mit Strichcode aufgeklebt und wurde zusammen mit großen, schweren Koffern auf ein Fließband geworfen.

»Die arme Fiola«, sagte Pinneus und zog den Pass des indischen Jungen aus der Hosentasche. Als Fiola gerade in einen Schacht glitt und verschwand, rief Bella hinter ihr her: »Ich verspreche dir eines, Fiola: Ich werde dir helfen, dich davon zu überzeugen, dass du so bist, wie du eigentlich sein willst, wenn du versprichst, dasselbe für mich zu tun!«

16. Kapitel

Die Erste Wahrheit

Sofia Schrecklassnach erwartete Bella Buuuh in dem schwarzen Sessel in ihrem Nachtbüro. Vor ihr auf dem Schreibtisch war das große Nachtbuch aufgeschlagen. Bella hatte den ganzen Tag wie ein Stein geschlafen, zusammen mit Fiola Flink, deren Griff und harte Taschennähte ab- und aufgetrennt worden waren. Jetzt war sie wieder sie selbst und sah aus wie ein ganz natürliches Gespenst, abgesehen davon, dass sie darauf bestand, die aufgenähte Blumenborte zu behalten.

Bella hatte einen seltsamen Traum: von einem Meer mit einem glatten, glatten Wasserspiegel. Und vom Mond, der sich im Wasser spiegelte. Sie starrte das gro-

ße Foto an, das über Sofia Schrecklassnachs Kopf an der Wand hing. Es war ein Bild, das die Nachtschule tagsüber zeigte.

Bei Sonnenlicht sah alles anders aus.

»Na, mein Nebelkindchen, was hast du zu erzählen?«, fragte die Lehrerin als Erstes.

»Fiola Flink ist wieder da.«

»Das ist wunderbar. Und was hast du gelernt?«

»Dass es draußen in der Welt gute und böse Gespenster gibt und dass man nicht immer das sieht, was man zu sehen glaubt«, sagte Bella stolz. »Das ist genau wie Nacht und Tag.«

Sofia Schrecklassnach notierte es in ihrem Nachtbuch. »Das stimmt, Bella Buuuh. Und dass du es tatsächlich geschafft hast, lebend wieder zurückzukommen!«

»Ja.«

»Alles, was dich nicht umbringt, macht dich stärker. Du hast dich tatsächlich hochgehappt. Ich bin wirklich überrascht von dir.«

Bella deutete ein Lächeln an, aber ganz glücklich war sie nicht. Das hing mit Mulda zusammen.

»Ich habe noch viele, viele Jahre, ehe ich ein großes Laken werde, Frau Schrecklassnach. Ein bisschen dumm ist, dass Torres und Mia zwar glücklich sind, weil sie Fiola Flink zurückbekommen haben, aber bei mir bedankt haben sie sich nicht.«

»Man darf keinen Dank erwarten, Bella. Dann wird man nur enttäuscht. Undank ist der Welten Lohn.«

»Aber Wunder geschehen jeden Tag, Frau Lehrerin – überall auf der Welt!«

»Das ist richtig.«

»Victor hat gesagt, am Ende würde alles gut gehen. Und Gespenster können doch fünf Lichtjahre leben, also habe ich unendlich viel Zeit.«

»Hat er das gesagt, dass es gut gehen wird? Und was ist nun die Erste Wahrheit, Bella Buuuh?«

»Die Zeit, Frau Lehrerin. Die Vorzeit, die Zwischenzeit und die Nachzeit. Victor hat mir erzählt, dass alte Gespenster *jemand gewesen sind,* während kleine Gespenster *jemand werden sollen.* Im Moment lebe ich also in der Vorzeit, denn ich warte. Und die Menschen leben in der Zwischenzeit.«

»Großartig, Bella. Das ist die Erste Wahrheit. Du hast deine erste Prüfung mit Bravour bestanden. Ich habe deinen ersten Entwicklungskalender bereitgelegt«, sagte Sofia Schrecklassnach und reichte ihn ihr.

Bella nahm den schönen Kalender entgegen.

Sofia Schrecklassnach sah für einen Moment traurig aus.

»Ich bin bereits *vergangen*. Das bist du nicht. Du hast deine Zukunft noch vor dir.«

»Ich bin bereit.«

»Aber das weiß sonst niemand aus deiner Klasse, Bella. Es handelt sich hier um große Erkenntnisse. Du darfst den anderen nichts darüber erzählen, nicht einmal Zilly Zäh. Das wäre einfach nicht richtig. Jeder muss selbst seine Lebensbestimmung herausfinden.«

»Ich werde nichts verraten, Frau Lehrerin. Aber wer sind Sie denn eigentlich gewesen?«

Sofia Schrecklassnach starrte Bella zerstreut an, dann ließ sie sich im Sessel zurücksinken, seufzte und sagte stolz: »Ich war eine berühmte rumänische Tänzerin.«

»Wie haben Sie geheißen?«

»Sofia Zeani. Ich bin in einem kleinen Dorf an der Donau aufgewachsen, aber mit achtzehn bin ich dann nach Bukarest gegangen. Und vor zweiundneunzig Jahren bin ich hierhergekommen.«

»Ich hab mir schon gedacht, dass Sie so etwas gewesen sein müssen«, sagte Bella lächelnd. »Wenn Sie durch die Luft fliegen, tanzen Sie – wie ein Wind.«

»Ja, wie ein Wind. Jeder Mensch ist, was er eben ist, nicht nur von der Geburt bis zum Tod, sondern schon lange vor der Geburt und lange nach dem Tod.«

»Ach ja«, sagte Bella und schaute hinab auf den Entwicklungskalender. »Danke dafür, dass Sie so einen Wasserkopf haben.«

»Einen Wasserkopf?«

»Ich meine, so einen Wissenskopf.«

Ehe Sofia Schrecklassnach etwas sagen konnte, fügte Bella hinzu: »Ich habe heute Nacht von einem Meer geträumt, Frau Lehrerin, mit einer glatten stillen Oberfläche. Der Himmel spiegelte sich darin. Und meine Mutter, ich dachte . . . Sie wissen . . .«

Sofia Schrecklassnach wischte sich eine unsichtbare Träne weg. »Dafür ist es noch zu früh, Bella, das ist erst deine Zehnte Wahrheit.«

Bella starrte zu Boden.

»Aber die Gobelingespenster, kann ich erfahren, wer die gewesen sind?«

»Auch das ist zu früh. Geh jetzt, Bella Buuuh. Du kannst dir für den Rest der Nacht freinehmen. Ich mache jetzt mit dem Unterricht des restlichen Allwettergesindels weiter.«

Bella schaute wieder auf. »Ich habe tatsächlich frei?

Ich brauche heute Nacht nicht in die Schule zu gehen?«

»Ja, aber nur diese eine Nacht!«

»Ich werde die Erste Wahrheit nie vergessen, Frau Schrecklassnach. Das verspreche ich.«

»Geh jetzt, meine Bella.«

»Danke, Sie Schreckschraube«, rief Bella fröhlich und hatte das Zimmer schon verlassen, ehe Sofia Schrecklassnach auch nur seufzen konnte.

Bella Buuuh hielt den Entwicklungskalender stolz umklammert, als sie allein in die Nacht hinausflog. Die Sterne sahen am schwarzen Himmel aus wie winzige Lichter. Sie segelte durch die Straßen der Stadt, stieg auch diesmal hoch nach oben, sammelte Luft unter ihrem weißen, zeltartigen Körper und wogte an der Wand des großen Bürohauses hoch. Glitt eilig über den Dachfirst und ließ sich auf der anderen Seite über den Rand fallen. Bald darauf befand sie sich über den Kastanien in der Straße, in der Pinneus wohnte. Langsam ließ sie sich nach unten sinken und landete auf einem parkenden Auto. Nach einer kleinen Weile hob sie von der Motorhaube ab, glitt zwischen den Torpfosten hindurch und huschte über den schwarzgrünen Rasen.

Dann lächelte sie strahlend. Plötzlich fühlte sie sich ganz, ganz glücklich. Pinncus Mysac wartete auf sie. Das war offensichtlich. Denn sein Schlafzimmerfenster stand nicht auf Kipp, es stand sperrangelweit offen.

Victor Hugo

Französischer Schriftsteller, geboren 1802, gestorben 1885. Sein vollständiger Name war Victor Marie Hugo. Er schrieb fast siebzig Jahre lang und gab viele Bücher heraus. In seinen Büchern finden sich fantastische Beschreibungen wie die Menschen – vor allem die Franzosen – vor langer Zeit gelebt haben. Sein berühmtestes Buch ist wahrscheinlich »Die Elenden«. Auf Französisch heißt es »Les Misérables«. Dort schreibt er über Jean Valjean, Fantine und Cosette, die Kummer, Ungerechtigkeit, Treue und große, große Liebe erleben. Er beschreibt eindrücklich, wie schlimm und unbehaglich das Leben sein kann, wenn man einen großen Verlust verschmerzen muss. Im wirklichen Leben war es Victor Hugos großer

Kummer, dass seine Tochter Léopoldine sehr jung gestorben ist. Darüber ist er niemals hinweggekommen.

Das Schöne ist, dass Bücher ewig leben und dass Geschichten, die aufgeschrieben werden, niemals sterben. Literatur und Wirklichkeit gleiten vielleicht ineinander über. Denn welche Wirklichkeit ist eigentlich die wirkliche? Vielleicht lebt auch Victor Hugo ewig?

Mehrmals wird in Bella Buuuh und die Nachtschule *auf die ersten beiden Bände der* Elenden *von Victor Hugo angespielt. Erwähnt werden zudem das großartige »Weihnachtsoratorium« des Komponisten Johann Sebastian Bach und Frédéric Chopin. Vielleicht erkennst du auch noch andere Persönlichkeiten, deren Seelen sich in der Nachzeit in Paris aufhalten?*

Unni Lindell / Fredrik Skavlan

Bella Buuuh und der siebte Stern

Bella sucht Unterschlupf bei ihrer Freundin Zilly Zäh, die als Kopfkissenbezug in einem Krankenhaus lebt. Als diese verschwindet, macht sich Bella mit Pinneus auf dem Weg, um sie zu suchen. Ihre Reise führt über die Milchstraße quer durch den Weltraum vorbei an schwarzen Löchern und direkt nach London. Dort findet Bella im Tower eine Spur zu einem weiteren großen Gespenstergeheimnis.

Arena

200 Seiten. Gebunden.
Mit zahlreichen Illustrationen.
ISBN 978-3-401-06456-7
www.arena-verlag.de

Kate Klimo

Der frechste Drache der Welt

Emmy ist ein Drache, den man sofort ins Herz schließt. Spricht. Noch. Nicht. So. Gut. Aber dafür frisst sie umso mehr. Und Jesse und Daisy, die beiden Kinder, die sie gefunden haben, haben alle Hände voll zu tun mit der Aufzucht des erschreckend schnell wachsenden Drachen. Ihre Größe verdoppelt sich jeden Tag! Lang lässt sie sich nicht mehr verstecken, und der Drachentöter St. Georg ist ihr auf der Spur.

Arena

224 Seiten. Gebunden.
Mit zahlreichen Illustrationen.
ISBN 978-3-401-06352-2
www.arena-verlag.de